ECHOES OF THE LAST HORIZON

ECHOES OF THE LAST HORIZON

FINNEGAN JONES

CONTENTS

Prologue   1

1 Chapitre 1 : Le signal   11

2 Chapitre 2 : Rassembler l'équipage   22

3 Chapitre 3 : Départ   34

4 Chapitre 4 : Le voyage commence   48

5 Chapitre 5 : La planète inconnue   62

6 Chapitre 6 : Ruines antiques   76

7 Chapitre 7 : Les Gardiens   90

8 Chapitre 8 : La chambre cachée   104

9 Chapitre 9 : La clé cosmique   117

10 Chapitre 10 : Trahison   130

11 Chapitre 11 : Le puzzle final   143

12 Chapitre 12 : Le dernier horizon   157

Épilogue   171

Copyright © 2025 by Finnegan Jones
All rights reserved. No part of this book may be reproduced in any manner whatsoever without written permission except in the case of brief quotations embodied in critical articles and reviews.
First Printing, 2025

Prologue

La Découverte

Le Dr Elara Quinn était assise seule dans l'observatoire faiblement éclairé, le bourdonnement des appareils étant son seul compagnon. L'immensité de l'espace s'étendait devant elle sur le grand écran, une tapisserie d'étoiles et de galaxies. Elle frotta ses yeux fatigués, jetant un œil à l'horloge. Il était bien plus de minuit, mais l'attrait de l'inconnu la tenait éveillée.

Les doigts d'Elara dansaient sur le clavier, effectuant une nouvelle analyse des données collectées par le réseau spatial. Elle surveillait un secteur particulier depuis des semaines, espérant trouver quelque chose – n'importe quoi – qui pourrait offrir une lueur d'espoir pour l'avenir de l'humanité. La Terre était en train de mourir et le temps pressait.

Un bip soudain sur l'écran attira son attention. Elle se pencha en avant, son cœur faisant un bond. Le signal était faible, presque imperceptible, mais il était là. Un motif répétitif, différent de tout ce qu'elle avait vu auparavant. L'esprit d'Elara s'emballa. Serait-ce cela ? La percée qu'ils attendaient ?

Elle effectua rapidement une série de vérifications, écartant ainsi toute interférence ou dysfonctionnement de l'équipement. Le signal persistait, stable et inébranlable. L'excitation d'Elara grandit, tempérée par un scepticisme prudent. Elle avait déjà emprunté cette voie auparavant, pour finalement être déçue. Mais cette fois, elle avait une sensation différente.

Elara activa l'équipement d'enregistrement, capturant le signal pour une analyse plus approfondie. Elle ne pouvait se permettre de rater aucun détail. Au fur et à mesure que les données affluaient, elle commença à décoder le schéma, ses doigts se déplaçant avec une précision éprouvée. Le signal était complexe, parsemé de nuances qui laissaient entrevoir une intelligence.

Les heures passaient sans qu'Elara ne perde de vue sa tâche. Elle remarqua à peine les premières lueurs de l'aube qui s'infiltraient à travers les fenêtres de l'observatoire. L'origine du signal restait un mystère, mais ses implications étaient stupéfiantes. S'il s'agissait vraiment d'un message provenant d'une galaxie lointaine, il pourrait détenir la clé de la survie de l'humanité.

Elara se rassit, ses yeux scrutant les données décodées. Elle ressentait un mélange d'excitation et d'appréhension. Cette découverte pourrait tout changer, mais elle soulevait également d'innombrables questions. Qui – ou quoi – envoyait le signal ? Et pourquoi ?

Elle savait qu'elle ne pouvait pas garder ça pour elle. Le monde avait besoin de savoir, et le Conseil de la Terre Unie devait être informé. Elara prit une profonde inspiration, son esprit s'emballant avec des possibilités. Ce n'était que le début, et le voyage à venir serait semé d'embûches. Mais pour la première fois depuis longtemps, elle sentit une étincelle d'espoir.

Avec une détermination renouvelée, Elara sauvegarda son travail et se prépara à présenter ses découvertes à ses collègues. Le signal était un phare dans l'obscurité, une promesse de quelque chose de plus grand au-delà du dernier horizon. Et elle était prête à le suivre, où qu'il puisse la mener.

Vérification

Le soleil du matin projetait une douce lueur sur l'observatoire lorsque le Dr Elara Quinn entra dans la salle de contrôle, tenant une pile de documents imprimés. Ses collègues étaient déjà réunis, sirotant un café et discutant du programme de la journée. Le bourdonnement des conversations s'apaisa lorsqu'Elara s'approcha de la console centrale.

« Bonjour à tous », commença-t-elle d'une voix ferme mais teintée d'enthousiasme. « J'ai quelque chose d'extraordinaire à partager avec vous. »

L'équipe échangea des regards curieux tandis qu'Elara activait l'écran principal, affichant le signal qu'elle avait découvert la nuit précédente. La pièce se remplit d'une série de bips et d'impulsions rythmiques, le son du mystérieux signal résonnant dans l'espace.

« Ce signal, poursuivit Elara, ne ressemble à rien de ce que nous avons rencontré jusqu'à présent. C'est un motif répétitif, provenant d'une galaxie lointaine. J'ai effectué plusieurs vérifications, et il ne s'agit pas d'interférences ni d'un dysfonctionnement. »

Le Dr Marcus Hayes, un astrophysicien chevronné au caractère sceptique, se pencha en avant, les sourcils froncés. « En es-tu sûre, Elara ? Nous avons déjà eu de fausses alertes. »

Elara hocha la tête, anticipant ses doutes. « Je comprends ton scepticisme, Marcus. Mais c'est différent. Le schéma est trop précis, trop délibéré. Je l'ai vérifié avec tous les outils à notre disposition. »

La salle bourdonnait de murmures tandis que l'équipe assimilait les implications de ces découvertes. Le Dr Lena Patel, une brillante mathématicienne, étudiait les données sur sa tablette. « Si c'est un message, cela pourrait être une avancée d'une importance sans précédent. »

« Mais qu'est-ce que cela signifie ? », a demandé le Dr Samir Khan, l'expert en communication de l'équipe. « Et pourquoi maintenant ? »

Elara prit une profonde inspiration, son esprit se remplissant de possibilités. « C'est ce que nous devons découvrir. Ce signal pourrait être la clé de nouvelles technologies, de nouvelles ressources, peut-être même d'un moyen de sauver notre planète. »

Le poids de ses mots restait en suspens, l'énormité de la découverte devenant évidente. L'équipe connaissait les enjeux : les ressources de la Terre s'épuisaient et l'avenir de l'humanité était incertain. Ce signal pourrait bien être leur dernier espoir.

Le Dr Hayes croisa les bras, l'air toujours sur ses gardes. « Nous devons être absolument certains avant de soumettre cette affaire au conseil. Si nous nous trompons... »

— Nous n'avons pas tort, interrompit Elara d'une voix ferme. J'ai tout vérifié trois fois. Ce signal est réel et il vient de là-bas.

Le silence s'installa dans la salle, la gravité de la situation devenant palpable. Finalement, le Dr Patel prit la parole. « Je pense que nous devrions effectuer quelques tests supplémentaires, juste pour être complets. Si ce signal est ce que nous pensons, nous devons être prêts. »

Elara hocha la tête, reconnaissante du soutien. « D'accord. Faisons les tests et rassemblons autant de données que possible. Nous devons présenter un dossier solide au United Earth Council. »

Alors que l'équipe se dispersait vers leurs postes, Elara sentit une bouffée de détermination. Ils étaient sur le point de vivre quelque chose d'énorme, et elle était prête à les guider vers cette étape. Le signal était un phare, un appel à l'action, et elle était prête à y répondre.

Avec une concentration renouvelée, Elara retourna à sa console, l'esprit déjà en ébullition. Le voyage ne faisait que commencer et le chemin à parcourir était incertain. Mais pour la première fois depuis longtemps, elle sentit une étincelle d'espoir. Le signal était réel et il les appelait vers les étoiles.

La Révélation

Le laboratoire de haute technologie bourdonnait d'impatience alors que le Dr Elara Quinn et son équipe se rassemblaient autour de la console centrale. La pièce était remplie de la douce lueur des écrans holographiques, projetant une lumière éthérée sur leurs visages. Le cœur d'Elara battait fort dans sa poitrine alors qu'elle se préparait à dévoiler les résultats de leurs derniers tests.

« Très bien, tout le monde », commença-t-elle, la voix ferme malgré l'excitation qui bouillonnait en elle. « Nous avons fait les tests et les résultats sont là. »

L'équipe se pencha, les yeux fixés sur l'écran. Elara appuya sur quelques touches et les données du signal apparurent, une série de motifs et d'impulsions complexes. La salle devint silencieuse tandis qu'ils observaient l'écran, l'importance du moment s'imprégnant.

Le Dr Lena Patel a été la première à s'exprimer. « C'est confirmé. Le signal provient bien d'une galaxie lointaine. Le schéma est trop complexe pour être un phénomène naturel. »

Elara hocha la tête, ses yeux scrutant les données. « Et elles sont cohérentes. Aucune fluctuation, aucune anomalie. Il s'agit d'une transmission délibérée. »

Le Dr Samir Khan, expert en communication, s'est penché en arrière sur sa chaise, l'air impressionné. « Si c'est un message, il pourrait provenir d'une civilisation avancée. Les implications sont stupéfiantes. »

Le Dr Marcus Hayes, toujours sceptique, croise les bras. « Mais qu'est-ce que cela signifie ? Nous ne connaissons toujours pas le contenu du message. »

Elara prit une profonde inspiration, son esprit s'emballant. « C'est notre prochain défi. Nous devons décoder le message et comprendre son objectif. Mais le fait qu'il soit là, qu'il soit réel, est un pas monumental en avant. »

Les membres de l'équipe échangèrent des regards, un mélange d'excitation et d'appréhension dans les yeux. Ils connaissaient les enjeux. Les ressources de la Terre s'épuisaient et l'avenir de l'humanité était incertain. Ce signal pourrait bien être leur dernier espoir.

Le Dr Patel a étudié les données sur sa tablette. « Si nous parvenons à décoder ce message, cela pourrait conduire à de nouvelles technologies, de nouvelles ressources, et peut-être même à un moyen de sauver notre planète. »

Elara hocha la tête, sentant une bouffée de détermination monter en elle. « Exactement. Ce signal pourrait être la clé de notre survie. Nous devons aborder cette situation avec toutes les forces dont nous disposons. »

Le Dr Hayes soupira, son scepticisme cédant la place à un respect réticent. « Très bien, Elara. Vous m'avez convaincu. Décryptons ce message et voyons à quoi nous avons affaire. »

Elara sourit, reconnaissante de son soutien. « Merci, Marcus. Et merci à tous. Ce n'est que le début. Nous avons un long chemin à parcourir, mais je crois que nous pouvons y arriver. »

L'équipe se dispersa à leurs postes, chaque membre se concentrant sur sa tâche. Elara les regarda partir, ressentant un sentiment de fierté et de responsabilité. Ils étaient sur le point de réaliser quelque chose de monumental, et elle était prête à les guider dans cette direction.

En retournant à sa console, l'esprit d'Elara s'est mis à envisager de nombreuses possibilités. Le signal était un signal, un appel à l'action, et elle était prête à y répondre. Le voyage ne faisait que commencer et le chemin à parcourir était incertain. Mais pour la première fois depuis longtemps, elle sentit une étincelle d'espoir. Le signal était réel et il les appelait vers les étoiles.

La réunion du Conseil

Le siège du United Earth Council était un symbole d'espoir et d'autorité, son architecture futuriste et épurée témoignant de la résilience de l'humanité. Le Dr Elara Quinn marchait d'un pas rapide dans les grands couloirs, son esprit s'emballant à l'idée du signal. Elle serrait fermement sa tablette, les données qu'elle avait recueillies lui semblant une bouée de sauvetage.

Lorsqu'elle entra dans la salle du conseil, le silence se fit. Les membres du conseil, un mélange de politiciens chevronnés, de scientifiques et de chefs militaires, tournèrent leur attention vers elle. La salle était un mélange de grandeur d'antan et de technologie de pointe, avec des écrans holographiques et des panneaux interactifs alignés sur les murs.

« Docteur Quinn, merci d'être venue dans un délai aussi court », lui a dit d'un signe de tête la conseillère Amelia Reyes, présidente du conseil. « Veuillez prendre la parole. »

Elara s'avança vers le podium central, le cœur battant. Elle respira profondément et se ressaisit. « Merci, conseiller Reyes. Membres du conseil, je me tiens devant vous aujourd'hui avec une découverte qui pourrait changer le cours de notre avenir. »

Elle activa sa tablette et l'écran holographique s'anima, projetant les données du signal dans l'air. Les bips et les impulsions rythmiques emplirent la pièce, captant l'attention de tous.

« Ce signal provient d'une galaxie lointaine », commença Elara. « C'est un schéma répétitif, trop précis pour être un phénomène naturel. Après des tests et des vérifications approfondis, nous avons confirmé qu'il s'agit d'une transmission délibérée. »

La salle bourdonnait de murmures tandis que les membres du conseil absorbaient l'information. Le conseiller Reyes leva la main, faisant taire les murmures. « Dr Quinn, que représente, selon vous, ce signal ? »

Elara croisa son regard d'une voix ferme. « Nous pensons qu'il s'agit d'un message envoyé par une civilisation avancée. Ce schéma suggère un niveau de complexité et d'intelligence que nous n'avons jamais rencontré auparavant. Ce signal pourrait être la clé de nouvelles technologies, de nouvelles ressources, voire même d'un moyen de sauver notre planète. »

Le conseiller Marcus Hayes, un ancien général militaire connu pour son approche prudente, s'est penché en avant. « Et quels sont les risques, docteur Quinn ? Nous ne pouvons pas nous permettre d'agir de manière imprudente. »

Elara hocha la tête, comprenant son inquiétude. « Les risques sont importants, conseiller Hayes. Mais les récompenses potentielles le sont tout autant. Nous avons vérifié l'authenticité du signal et son origine. La prochaine étape consiste à décoder le message et à comprendre son objectif. Nous proposons une mission pour enquêter sur la source du signal. »

La salle a été le théâtre d'un débat, les voix se chevauchant tandis que les membres du conseil pesaient le pour et le contre. Elara a tenu bon, prête à défendre ses conclusions. Elle savait que les enjeux étaient élevés, mais elle savait aussi que c'était leur meilleure chance d'avenir.

La conseillère Reyes a appelé à l'ordre, sa voix coupant le bruit. « Nous allons procéder à un vote. Tous ceux qui sont en faveur de l'approbation de la mission d'enquête sur le signal, levez la main. »

Elara retint son souffle tandis que les mains se levaient lentement dans la salle. Un par un, les membres du conseil manifestèrent leur soutien. Le conseiller Hayes fut le dernier à lever la main, l'air résolu.

« La motion est adoptée », a annoncé le conseiller Reyes. « Docteur Quinn, vous êtes par la présente nommé chef de mission. Rassemblez votre équipe et préparez-vous au départ. »

Elara poussa un soupir de soulagement. Elle avait réussi. La mission était approuvée et elle était prête à diriger. Lorsqu'elle quitta la salle, le poids de la responsabilité pesait sur ses épaules, mais elle sentit aussi un sentiment renouvelé de détermination.

Ce signal était un phare, un appel à l'action, et elle était prête à y répondre. Le voyage qui l'attendait serait semé d'embûches, mais pour la première fois depuis longtemps, elle sentit une lueur d'espoir. Les étoiles l'appelaient, et elle était prête à les suivre.

Briefing de la mission

La salle de briefing ultramoderne bourdonnait d'un mélange d'excitation et de tension. Des écrans holographiques flottaient dans les airs, projetant une douce lueur bleue sur l'équipage assemblé. Le Dr Elara Quinn se tenait à l'avant, le cœur battant d'impatience. C'était le moment pour lequel ils s'étaient tous préparés.

« Bonjour à tous, commença Elara d'une voix ferme. Merci d'être ici. Comme vous le savez, nous avons été chargés d'une mission d'une importance sans précédent. Notre objectif est d'enquêter sur la source du signal que nous avons détecté dans une galaxie lointaine. »

Elle appuya sur un bouton de sa tablette et l'écran holographique se déplaça pour afficher une carte détaillée de leur voyage. Les membres de l'équipage se penchèrent en avant, leurs visages illuminés par les projections lumineuses.

« Notre destination est une planète située dans la galaxie d'Andromède », a poursuivi Elara. « Le signal provient de cette région et nous pensons qu'il détient la clé de nouvelles technologies et ressources qui pourraient sauver notre planète. »

Le capitaine James Carter, un explorateur spatial chevronné au comportement calme, hocha la tête d'un air pensif. « À quel genre de défis nous attendons-nous, Dr Quinn ? »

Elara lui jeta un coup d'œil, appréciant son approche pragmatique. « Nous prévoyons plusieurs défis, notamment la navigation dans un espace inexploré, des rencontres potentielles avec des phénomènes inconnus et les risques inhérents aux voyages dans l'espace lointain. Cependant, notre vaisseau, l'*Odyssey*, est équipé de la technologie la plus récente pour faire face à ces obstacles. »

Lena Patel, mathématicienne de l'équipe, a levé la main. « Qu'en est-il du signal lui-même ? Avons-nous fait des progrès dans son décodage ? »

Elara hocha la tête. « Nous avons fait quelques progrès, mais il reste encore beaucoup de choses que nous ne comprenons pas. C'est pourquoi cette mission est cruciale. Nous devons recueillir davantage de données et, si possible, établir un contact avec la source du signal. »

Le silence s'installa dans la salle tandis que le poids de la mission pesait sur l'équipage. Chaque membre comprenait les enjeux. Les ressources de la Terre s'épuisaient et cette mission pouvait être le dernier espoir de l'humanité.

Le Dr Samir Khan, expert en communication, a rompu le silence. « Qu'en est-il de la dynamique de l'équipage ? Comment pouvons-nous nous assurer que nous travaillons efficacement en équipe ? »

Elara sourit, reconnaissante de sa question. « Le travail d'équipe sera essentiel. Nous avons sélectionné chacun d'entre vous pour vos compétences et votre expertise uniques. Il est important que nous nous soutenions mutuellement et que nous communiquions ouvertement. Nous devrons faire face à des défis, mais je crois en cette équipe. »

Le capitaine Carter se leva, sa présence attirant l'attention. « Vous avez entendu le Dr Quinn. Cette mission est notre chance de faire la différence. Restons concentrés et travaillons ensemble. Nous ferons face à l'inconnu, mais nous le ferons en équipe. »

Les membres de l'équipage hochèrent la tête, un sentiment d'unité se formant parmi eux. Elara ressentit un élan de fierté et de responsabilité. Ils étaient prêts à se lancer dans ce voyage, à suivre le signal jusqu'à sa source et à découvrir ses secrets.

Une fois le briefing terminé, l'équipage s'est dispersé pour procéder aux derniers préparatifs. Elara les regardait partir, l'esprit rempli de pensées sur la mission à venir. Le signal était un phare, un appel à l'action, et elle était prête à les guider.

Le voyage serait long et semé d'embûches, mais pour la première fois depuis longtemps, elle sentit une lueur d'espoir. Les étoiles l'appelaient et elle était prête à les suivre.

CHAPTER 1

Chapitre 1 : Le signal

La Découverte
Le Dr Elara Quinn était assise seule dans l'observatoire faiblement éclairé, le bourdonnement des appareils étant son seul compagnon. L'immensité de l'espace s'étendait devant elle sur le grand écran, une tapisserie d'étoiles et de galaxies. Elle frotta ses yeux fatigués, jetant un œil à l'horloge. Il était bien plus de minuit, mais l'attrait de l'inconnu la tenait éveillée.

Les doigts d'Elara dansaient sur le clavier, effectuant une nouvelle analyse des données collectées par le réseau spatial. Elle surveillait un secteur particulier depuis des semaines, espérant trouver quelque chose – n'importe quoi – qui pourrait offrir une lueur d'espoir pour l'avenir de l'humanité. La Terre était en train de mourir et le temps pressait.

Un bip soudain sur l'écran attira son attention. Elle se pencha en avant, son cœur faisant un bond. Le signal était faible, presque imperceptible, mais il était là. Un motif répétitif, différent de tout ce qu'elle avait vu auparavant. L'esprit d'Elara s'emballa. Serait-ce cela ? La percée qu'ils attendaient ?

Elle effectua rapidement une série de vérifications, écartant ainsi toute interférence ou dysfonctionnement de l'équipement. Le signal persistait, stable et inébranlable. L'excitation d'Elara grandit, tempérée par un scepticisme prudent. Elle avait déjà emprunté cette voie auparavant, pour finalement être déçue. Mais cette fois, elle avait une sensation différente.

Elara activa l'équipement d'enregistrement, capturant le signal pour une analyse plus approfondie. Elle ne pouvait se permettre de rater aucun détail. Au fur et à mesure que les données affluaient, elle commença à décoder le schéma, ses doigts se déplaçant avec une précision éprouvée. Le signal était complexe, parsemé de nuances qui laissaient entrevoir une intelligence.

Les heures passaient sans qu'Elara ne perde de vue sa tâche. Elle remarqua à peine les premières lueurs de l'aube qui s'infiltraient à travers les fenêtres de l'observatoire. L'origine du signal restait un mystère, mais ses implications étaient stupéfiantes. S'il s'agissait vraiment d'un message provenant d'une galaxie lointaine, il pourrait détenir la clé de la survie de l'humanité.

Elara se rassit, ses yeux scrutant les données décodées. Elle ressentait un mélange d'excitation et d'appréhension. Cette découverte pourrait tout changer, mais elle soulevait également d'innombrables questions. Qui – ou quoi – envoyait le signal ? Et pourquoi ?

Elle savait qu'elle ne pouvait pas garder ça pour elle. Le monde avait besoin de savoir, et le Conseil de la Terre Unie devait être informé. Elara prit une profonde inspiration, son esprit s'emballant avec des possibilités. Ce n'était que le début, et le voyage à venir serait semé d'embûches. Mais pour la première fois depuis longtemps, elle sentit une étincelle d'espoir.

Avec une détermination renouvelée, Elara sauvegarda son travail et se prépara à présenter ses découvertes à ses collègues. Le signal était un phare dans l'obscurité, une promesse de quelque chose de plus grand au-delà du dernier horizon. Et elle était prête à le suivre, où qu'il puisse la mener.

Vérification

Le soleil du matin projetait une douce lueur sur l'observatoire lorsque le Dr Elara Quinn entra dans la salle de contrôle, tenant une pile de documents imprimés. Ses collègues étaient déjà réunis, sirotant un café et discutant du programme de la journée. Le bourdonnement des conversations s'apaisa lorsqu'Elara s'approcha de la console centrale.

« Bonjour à tous », commença-t-elle d'une voix ferme mais teintée d'enthousiasme. « J'ai quelque chose d'extraordinaire à partager avec vous. »

L'équipe échangea des regards curieux tandis qu'Elara activait l'écran principal, affichant le signal qu'elle avait découvert la nuit précédente. La pièce se remplit d'une série de bips et d'impulsions rythmiques, le son du mystérieux signal résonnant dans l'espace.

« Ce signal, poursuivit Elara, ne ressemble à rien de ce que nous avons rencontré jusqu'à présent. C'est un motif répétitif, provenant d'une galaxie lointaine. J'ai effectué plusieurs vérifications, et il ne s'agit pas d'interférences ni d'un dysfonctionnement. »

Le Dr Marcus Hayes, un astrophysicien chevronné au caractère sceptique, se pencha en avant, les sourcils froncés. « En es-tu sûre, Elara ? Nous avons déjà eu de fausses alertes. »

Elara hocha la tête, anticipant ses doutes. « Je comprends ton scepticisme, Marcus. Mais c'est différent. Le schéma est trop précis, trop délibéré. Je l'ai vérifié avec tous les outils à notre disposition. »

La salle bourdonnait de murmures tandis que l'équipe assimilait les implications de ces découvertes. Le Dr Lena Patel, une brillante mathématicienne, étudiait les données sur sa tablette. « Si c'est un message, cela pourrait être une avancée d'une importance sans précédent. »

« Mais qu'est-ce que cela signifie ? », a demandé le Dr Samir Khan, l'expert en communication de l'équipe. « Et pourquoi maintenant ? »

Elara prit une profonde inspiration, son esprit se remplissant de possibilités. « C'est ce que nous devons découvrir. Ce signal pourrait être la clé de nouvelles technologies, de nouvelles ressources, peut-être même d'un moyen de sauver notre planète. »

Le poids de ses mots restait en suspens, l'énormité de la découverte devenant évidente. L'équipe connaissait les enjeux : les ressources de la Terre s'épuisaient et l'avenir de l'humanité était incertain. Ce signal pourrait bien être leur dernier espoir.

Le Dr Hayes croisa les bras, l'air toujours sur ses gardes. « Nous devons être absolument certains avant de soumettre cette affaire au conseil. Si nous nous trompons... »

— Nous n'avons pas tort, interrompit Elara d'une voix ferme. J'ai tout vérifié trois fois. Ce signal est réel et il vient de là-bas.

Le silence s'installa dans la salle, la gravité de la situation devenant palpable. Finalement, le Dr Patel prit la parole. « Je pense que nous devrions effectuer quelques tests supplémentaires, juste pour être complets. Si ce signal est ce que nous pensons, nous devons être prêts. »

Elara hocha la tête, reconnaissante du soutien. « D'accord. Faisons les tests et rassemblons autant de données que possible. Nous devons présenter un dossier solide au United Earth Council. »

Alors que l'équipe se dispersait vers leurs postes, Elara sentit une bouffée de détermination. Ils étaient sur le point de vivre quelque chose d'énorme, et elle était prête à les guider vers cette étape. Le signal était un phare, un appel à l'action, et elle était prête à y répondre.

Avec une concentration renouvelée, Elara retourna à sa console, l'esprit déjà en ébullition. Le voyage ne faisait que commencer et le chemin à parcourir était incertain. Mais pour la première fois depuis longtemps, elle sentit une étincelle d'espoir. Le signal était réel et il les appelait vers les étoiles.

La Révélation

Le laboratoire de haute technologie bourdonnait d'impatience alors que le Dr Elara Quinn et son équipe se rassemblaient autour de la console centrale. La pièce était remplie de la douce lueur des écrans holographiques, projetant une lumière éthérée sur leurs visages. Le cœur d'Elara battait fort dans sa poitrine alors qu'elle se préparait à dévoiler les résultats de leurs derniers tests.

« Très bien, tout le monde », commença-t-elle, la voix ferme malgré l'excitation qui bouillonnait en elle. « Nous avons fait les tests et les résultats sont là. »

L'équipe se pencha , les yeux fixés sur l'écran. Elara appuya sur quelques touches et les données du signal apparurent, une série de motifs et d'impulsions complexes. La salle devint silencieuse tandis qu'ils observaient l'écran, l'importance du moment s'imprégnant.

Le Dr Lena Patel a été la première à s'exprimer. « C'est confirmé. Le signal provient bien d'une galaxie lointaine. Le schéma est trop complexe pour être un phénomène naturel. »

Elara hocha la tête, ses yeux scrutant les données. « Et elles sont cohérentes. Aucune fluctuation, aucune anomalie. Il s'agit d'une transmission délibérée. »

Le Dr Samir Khan, expert en communication, s'est penché en arrière sur sa chaise, l'air impressionné. « Si c'est un message, il pourrait provenir d'une civilisation avancée. Les implications sont stupéfiantes. »

Le Dr Marcus Hayes, toujours sceptique, croise les bras. « Mais qu'est-ce que cela signifie ? Nous ne connaissons toujours pas le contenu du message. »

Elara prit une profonde inspiration, son esprit s'emballant. « C'est notre prochain défi. Nous devons décoder le message et comprendre son objectif. Mais le fait qu'il soit là, qu'il soit réel, est un pas monumental en avant. »

Les membres de l'équipe échangèrent des regards, un mélange d'excitation et d'appréhension dans les yeux. Ils connaissaient les enjeux. Les ressources de la Terre s'épuisaient et l'avenir de l'humanité était incertain. Ce signal pourrait bien être leur dernier espoir.

Le Dr Patel a étudié les données sur sa tablette. « Si nous parvenons à décoder ce message, cela pourrait conduire à de nouvelles technologies, de nouvelles ressources, et peut-être même à un moyen de sauver notre planète. »

Elara hocha la tête, sentant une bouffée de détermination monter en elle. « Exactement. Ce signal pourrait être la clé de notre survie. Nous devons aborder cette situation avec toutes les forces dont nous disposons. »

Le Dr Hayes soupira, son scepticisme cédant la place à un respect réticent. « Très bien, Elara. Vous m'avez convaincu. Décryptons ce message et voyons à quoi nous avons affaire. »

Elara sourit, reconnaissante de son soutien. « Merci, Marcus. Et merci à tous. Ce n'est que le début. Nous avons un long chemin à parcourir, mais je crois que nous pouvons y arriver. »

L'équipe se dispersa à leurs postes, chaque membre se concentrant sur sa tâche. Elara les regarda partir, ressentant un sentiment de fierté et de responsabilité. Ils étaient sur le point de réaliser quelque chose de monumental, et elle était prête à les guider dans cette direction.

En retournant à sa console, l'esprit d'Elara s'est mis à envisager de nombreuses possibilités. Le signal était un signal, un appel à l'action, et elle était prête à y répondre. Le voyage ne faisait que commencer et le chemin à parcourir était incertain. Mais pour la première fois depuis longtemps, elle sentit une étincelle d'espoir. Le signal était réel et il les appelait vers les étoiles.

La réunion du Conseil

Le siège du United Earth Council était un symbole d'espoir et d'autorité, son architecture futuriste et épurée témoignant de la résilience de l'humanité. Le Dr Elara Quinn marchait d'un pas rapide dans les grands couloirs, son esprit s'emballant à l'idée du signal. Elle serrait fermement sa tablette, les données qu'elle avait recueillies lui semblant une bouée de sauvetage.

Lorsqu'elle entra dans la salle du conseil, le silence se fit. Les membres du conseil, un mélange de politiciens chevronnés, de scientifiques et de chefs militaires, tournèrent leur attention vers elle. La salle était un mélange de grandeur d'antan et de technologie de pointe, avec des écrans holographiques et des panneaux interactifs alignés sur les murs.

« Docteur Quinn, merci d'être venue dans un délai aussi court », lui a dit d'un signe de tête la conseillère Amelia Reyes, présidente du conseil. « Veuillez prendre la parole. »

Elara s'avança vers le podium central, le cœur battant. Elle respira profondément et se ressaisit. « Merci, conseiller Reyes. Membres du conseil, je me tiens devant vous aujourd'hui avec une découverte qui pourrait changer le cours de notre avenir. »

Elle activa sa tablette et l'écran holographique s'anima, projetant les données du signal dans l'air. Les bips et les impulsions rythmiques emplirent la pièce, captant l'attention de tous.

« Ce signal provient d'une galaxie lointaine », commença Elara. « C'est un schéma répétitif, trop précis pour être un phénomène naturel. Après des tests et des vérifications approfondis, nous avons confirmé qu'il s'agit d'une transmission délibérée. »

La salle bourdonnait de murmures tandis que les membres du conseil absorbaient l'information. Le conseiller Reyes leva la main, faisant taire les murmures. « Dr Quinn, que représente, selon vous, ce signal ? »

Elara croisa son regard d'une voix ferme. « Nous pensons qu'il s'agit d'un message envoyé par une civilisation avancée. Ce schéma suggère un niveau de complexité et d'intelligence que nous n'avons jamais rencontré auparavant. Ce signal pourrait être la clé de nouvelles technologies, de nouvelles ressources, voire même d'un moyen de sauver notre planète. »

Le conseiller Marcus Hayes, un ancien général militaire connu pour son approche prudente, s'est penché en avant. « Et quels sont les risques, docteur Quinn ? Nous ne pouvons pas nous permettre d'agir de manière imprudente. »

Elara hocha la tête, comprenant son inquiétude. « Les risques sont importants, conseiller Hayes. Mais les récompenses potentielles le sont tout autant. Nous avons vérifié l'authenticité du signal et son origine. La prochaine étape consiste à décoder le message et à comprendre son objectif. Nous proposons une mission pour enquêter sur la source du signal. »

La salle a été le théâtre d'un débat, les voix se chevauchant tandis que les membres du conseil pesaient le pour et le contre. Elara a tenu bon, prête à défendre ses conclusions. Elle savait que les enjeux étaient élevés, mais elle savait aussi que c'était leur meilleure chance d' avenir.

La conseillère Reyes a appelé à l'ordre, sa voix coupant le bruit. « Nous allons procéder à un vote. Tous ceux qui sont en faveur de l'approbation de la mission d'enquête sur le signal, levez la main. »

Elara retint son souffle tandis que les mains se levaient lentement dans la salle. Un par un, les membres du conseil manifestèrent leur soutien. Le conseiller Hayes fut le dernier à lever la main, l'air résolu.

« La motion est adoptée », a annoncé le conseiller Reyes. « Docteur Quinn, vous êtes par la présente nommé chef de mission. Rassemblez votre équipe et préparez-vous au départ. »

Elara poussa un soupir de soulagement. Elle avait réussi. La mission était approuvée et elle était prête à diriger. Lorsqu'elle quitta la salle, le poids de la responsabilité pesait sur ses épaules, mais elle sentit aussi un sentiment renouvelé de détermination.

Ce signal était un phare, un appel à l'action, et elle était prête à y répondre. Le voyage qui l'attendait serait semé d'embûches, mais pour la première fois depuis longtemps, elle sentit une lueur d'espoir. Les étoiles l'appelaient, et elle était prête à les suivre.

Briefing de la mission

La salle de briefing ultramoderne bourdonnait d'un mélange d'excitation et de tension. Des écrans holographiques flottaient dans les airs, projetant une douce lueur bleue sur l'équipage assemblé. Le Dr Elara Quinn se tenait à l'avant, le cœur battant d'impatience. C'était le moment pour lequel ils s'étaient tous préparés.

« Bonjour à tous, commença Elara d'une voix ferme. Merci d'être ici. Comme vous le savez, nous avons été chargés d'une mission d'une importance sans précédent. Notre objectif est d'enquêter sur la source du signal que nous avons détecté dans une galaxie lointaine. »

Elle appuya sur un bouton de sa tablette et l'écran holographique se déplaça pour afficher une carte détaillée de leur voyage. Les membres de l'équipage se penchèrent en avant, leurs visages illuminés par les projections lumineuses.

« Notre destination est une planète située dans la galaxie d'Andromède », a poursuivi Elara. « Le signal provient de cette région et nous pensons qu'il détient la clé de nouvelles technologies et ressources qui pourraient sauver notre planète. »

Le capitaine James Carter, un explorateur spatial chevronné au comportement calme, hocha la tête d'un air pensif. « À quel genre de défis nous attendons-nous, Dr Quinn ? »

Elara lui jeta un coup d'œil, appréciant son approche pragmatique. « Nous prévoyons plusieurs défis, notamment la navigation dans un espace inexploré, des rencontres potentielles avec des phénomènes inconnus et les risques inhérents aux voyages dans l'espace lointain. Cependant, notre vaisseau, l'*Odyssey*, est équipé de la technologie la plus récente pour faire face à ces obstacles. »

Lena Patel, mathématicienne de l'équipe, a levé la main. « Qu'en est-il du signal lui-même ? Avons-nous fait des progrès dans son décodage ? »

Elara hocha la tête. « Nous avons fait quelques progrès, mais il reste encore beaucoup de choses que nous ne comprenons pas. C'est pourquoi cette mission est cruciale. Nous devons recueillir davantage de données et, si possible, établir un contact avec la source du signal. »

Le silence s'installa dans la salle tandis que le poids de la mission pesait sur l'équipage. Chaque membre comprenait les enjeux. Les ressources de la Terre s'épuisaient et cette mission pouvait être le dernier espoir de l'humanité.

Le Dr Samir Khan, expert en communication, a rompu le silence. « Qu'en est-il de la dynamique de l'équipage ? Comment pouvons-nous nous assurer que nous travaillons efficacement en équipe ? »

Elara sourit, reconnaissante de sa question. « Le travail d'équipe sera essentiel. Nous avons sélectionné chacun d'entre vous pour vos compétences et votre expertise uniques. Il est important que nous nous soutenions mutuellement et que nous communiquions ouvertement. Nous devrons faire face à des défis, mais je crois en cette équipe. »

Le capitaine Carter se leva, sa présence attirant l'attention. « Vous avez entendu le Dr Quinn. Cette mission est notre chance de faire la différence. Restons concentrés et travaillons ensemble. Nous ferons face à l'inconnu, mais nous le ferons en équipe. »

Les membres de l'équipage hochèrent la tête, un sentiment d'unité se formant parmi eux. Elara ressentit un élan de fierté et de responsabilité. Ils étaient prêts à se lancer dans ce voyage, à suivre le signal jusqu'à sa source et à découvrir ses secrets.

Une fois le briefing terminé, l'équipage s'est dispersé pour procéder aux derniers préparatifs. Elara les regardait partir, l'esprit rempli de pensées sur la mission à venir. Le signal était un phare, un appel à l'action, et elle était prête à les guider.

Le voyage serait long et semé d'embûches, mais pour la première fois depuis longtemps, elle sentit une lueur d'espoir. Les étoiles l'appelaient et elle était prête à les suivre.

CHAPTER 2

Chapitre 2 : Rassembler l'équipage

Le processus de sélection
Le siège du United Earth Council était une merveille d'architecture moderne, une tour étincelante de verre et d'acier qui témoignait de la résilience et de l'ingéniosité de l'humanité. À l'intérieur, l'atmosphère était chargée d'impatience tandis que le Dr Elara Quinn se dirigeait vers la salle de conférence high-tech où l'attendait le comité de sélection.

Elara entra dans la salle, sa tablette à la main, et s'assit à la tête de la longue table aux lignes épurées. Autour d'elle étaient assis les membres du comité de sélection, un groupe diversifié d'experts de divers domaines – scientifiques, officiers militaires et diplomates – tous choisis pour leur expertise et leur jugement.

« Bonjour à tous », commença Elara d'une voix ferme. « Merci d'être ici. Comme vous le savez, notre mission est d'une importance sans précédent. Nous devons réunir une équipe qui soit non seulement hautement qualifiée, mais aussi capable de travailler ensemble dans des conditions extrêmes. »

Elle a tapoté sur sa tablette et un écran holographique s'est allumé au centre de la table, projetant les profils des meilleurs candidats. La salle est devenue silencieuse pendant que les membres du comité examinaient les données, leurs expressions mêlant curiosité et examen minutieux.

« Commençons par le Dr Lena Patel », a suggéré Elara, soulignant le profil d'une mathématicienne brillante. « Son expertise en physique théorique et son expérience des simulations dans l'espace lointain font d'elle un atout inestimable. »

Le général Marcus Hayes, un officier expérimenté et pragmatique, s'est penché en avant. « Ses qualifications sont impressionnantes, mais comment gère-t-elle la pression ? Nous avons besoin de personnes capables de garder leur sang-froid en cas de crise. »

Elara hocha la tête. « J'ai examiné ses évaluations psychologiques. Elle a l'habitude de rester calme et concentrée en situation de stress. Je pense qu'elle sera un excellent ajout à l'équipe. »

Les membres du comité ont murmuré leur accord et Elara est passée au candidat suivant. « Ensuite, nous avons le capitaine James Carter. C'est un explorateur spatial chevronné avec une vaste expérience des missions de longue durée. Ses compétences en leadership sont de premier ordre. »

Le Dr Samir Khan, expert en communication, a haussé un sourcil. « J'ai entendu dire qu'il était plutôt un loup solitaire. Comment s'intégrera-t-il dans une dynamique d'équipe ? »

Elara sourit. « J'ai beaucoup parlé avec lui. S'il apprécie son indépendance, il sait aussi travailler en équipe quand il le faut. Son expérience et son leadership seront essentiels pour cette mission. »

La discussion s'est poursuivie, les points forts et les points faibles de chaque candidat ayant été minutieusement analysés. Des débats ont eu lieu sur les qualifications et l'aptitude des différents candidats, mais Elara est restée concentrée, guidant la conversation d'une main ferme.

Finalement, le comité est parvenu à un consensus sur le groupe final de candidats. Elara avait le sentiment d'avoir accompli quelque chose, mais savait que le plus dur restait à venir. Il fallait s'assurer que ces individus puissent travailler ensemble comme une unité soudée.

« Merci pour votre contribution », a déclaré Elara en s'adressant au comité. « Nous allons aller de l'avant avec ce groupe et entamer la prochaine phase du processus de sélection. Notre objectif est de tester leurs capacités sous pression et de voir comment ils fonctionnent en équipe. »

À la fin de la réunion, Elara ne pouvait s'empêcher de ressentir un mélange d'excitation et d'appréhension. Le chemin à parcourir serait semé d'embûches, mais elle avait confiance en l'équipe qu'ils étaient en train de constituer. Le signal était un phare, un appel à l'action, et elle était prête à les guider.

Avec une détermination renouvelée, Elara quitta la salle de conférence, l'esprit déjà en ébullition avec des plans pour la phase suivante. La mission ne faisait que commencer et le chemin à parcourir était incertain. Mais pour la première fois depuis longtemps, elle sentit une lueur d'espoir. Les étoiles l'appelaient et elle était prête à les suivre.

Rencontre avec les candidats

Le centre de formation bourdonnait d'activité alors que les candidats finaux se rassemblaient pour la première fois. L'air était chargé d'impatience et d'une pointe d'énergie nerveuse. Le Dr Elara Quinn se tenait à l'entrée, observant l'arrivée des candidats, chacun étant une clé potentielle du succès de leur mission.

Elara prit une profonde inspiration et s'avança, sa présence attirant l'attention. « Bienvenue à tous », commença-t-elle d'une voix claire et confiante. « Je suis le Dr Elara Quinn et je dirigerai cette mission. Aujourd'hui, nous allons faire connaissance et commencer la prochaine phase de notre processus de sélection. »

Les candidats formaient un demi-cercle autour d'elle, leurs expressions mêlant curiosité et détermination. Elara scruta le groupe, notant la diversité des compétences et des parcours. Chaque candidat avait été choisi pour son expertise unique, mais il leur fallait maintenant prouver qu'ils pouvaient travailler ensemble en équipe.

« Commençons par les présentations », a dit Elara en désignant le premier candidat. « Dites-nous votre nom, votre parcours et ce que vous espérez apporter à cette mission. »

Un homme grand et musclé, l'air confiant, s'avança. « Je suis le capitaine James Carter », dit-il d'une voix ferme. « J'ai dirigé de nombreuses missions dans l'espace lointain et j'ai une grande expérience en navigation et en survie. Je suis ici pour veiller à ce que nous atteignions notre destination en toute sécurité et efficacement. »

Ensuite, une petite femme au regard perçant et au sourire rapide s'est présentée. « Dr Lena Patel, physicienne théoricienne. Mon travail porte sur la mécanique quantique et les phénomènes de l'espace lointain. Je suis ravie d'appliquer mes recherches à cette mission et de découvrir les mystères du signal. »

Au fur et à mesure des présentations, Elara a noté les tensions et les rivalités initiales qui ont fait surface. Certains candidats se sont regardés avec méfiance, évaluant la concurrence. D'autres ont échangé des hochements de tête polis, reconnaissant des alliés potentiels.

Le Dr Samir Khan, expert en communication, a ensuite pris la parole. « J'ai consacré ma carrière au développement de systèmes de communication avancés. Mon objectif est de décoder le signal et d'établir un contact avec sa source. Cette mission est l'occasion de repousser les limites de notre compréhension. »

Elara écoutait attentivement, son esprit bouillonnant déjà d'idées sur la façon dont ces individus s'intégreraient dans la dynamique de l'équipe. Elle savait que leur succès dépendait non seulement de leurs compétences, mais aussi de leur capacité à travailler ensemble sous pression.

« Merci à tous pour vos présentations », a déclaré Elara, une fois que tout le monde eut pris la parole. « Il est clair que nous avons ici un groupe talentueux et diversifié. Cependant, cette mission va nous mettre à l'épreuve d'une manière que nous n'avons jamais connue auparavant. Nous devons être plus qu'un simple groupe d'experts : nous devons être une équipe soudée. »

Elle marqua une pause, le temps de réfléchir à ses paroles. « La prochaine étape de notre processus de sélection comprendra une série de tests conçus pour tester vos capacités et évaluer votre capacité à travailler en équipe. Ces épreuves seront exigeantes, mais elles sont essentielles pour nous assurer que nous sommes prêts pour le voyage qui nous attend. »

Les candidats échangèrent des regards, un mélange d'excitation et d'appréhension dans les yeux. Elara pouvait lire la détermination sur leurs visages, la volonté de prouver qu'ils étaient dignes de la mission.

« C'est parti », dit-elle en ouvrant la voie vers la zone d'entraînement. « Le premier test commence maintenant. »

Tandis qu'ils la suivaient, Elara ressentit un élan de fierté et de responsabilité. Le chemin à parcourir serait semé d'embûches, mais elle avait confiance en l'équipe qu'ils étaient en train de constituer. Le signal était un phare, un appel à l'action, et elle était prête à les guider.

La mission ne faisait que commencer et le chemin à parcourir était incertain. Mais pour la première fois depuis longtemps, elle sentit une lueur d'espoir. Les étoiles l'appelaient et elle était prête à les suivre.

Les épreuves

L'environnement simulé était une merveille d'ingénierie, conçu pour imiter les conditions difficiles des voyages dans l'espace lointain. Les candidats se tenaient dans un grand espace ouvert rempli d'obstacles et d'équipements divers, leurs expressions mêlant détermination et anxiété. Le Dr Elara Quinn observait depuis une salle de contrôle au-dessus, ses yeux scrutant les écrans qui affichaient les données en temps réel des tests.

« Très bien, tout le monde », résonna la voix d'Elara dans l'interphone. « Cette phase mettra à l'épreuve votre endurance physique, vos capacités à résoudre des problèmes et votre capacité à travailler en équipe. N'oubliez pas qu'il ne s'agit pas seulement de performances individuelles, mais aussi de la façon dont vous vous soutenez mutuellement. »

La première épreuve était un défi physique. Les candidats devaient franchir un parcours d'obstacles complexe qui simulait l'environnement en apesanteur de l'espace. Le capitaine James Carter prenait les devants, ses mouvements étant précis et contrôlés. Il aidait les autres en difficulté, démontrant ainsi son leadership et son esprit d'équipe.

Le Dr Lena Patel, bien que moins forte physiquement, a fait appel à sa vivacité d'esprit pour trouver des chemins efficaces à travers les obstacles. Elle a collaboré avec le Dr Samir Khan, qui a utilisé ses connaissances en physique pour suggérer des stratégies pour surmonter les défis du parcours.

Elara a observé attentivement la façon dont les candidats interagissaient. Certains, comme Carter et Patel, ont naturellement assumé des rôles de leadership, tandis que d'autres, comme Khan, ont apporté un soutien crucial. La dynamique commençait à prendre forme et Elara ressentait un sentiment d'optimisme.

L'épreuve suivante consistait à résoudre des problèmes. Les candidats étaient divisés en petits groupes et devaient résoudre une série d'énigmes, chacune plus complexe que la précédente. Les énigmes exigeaient une combinaison de logique, de créativité et de travail d'équipe.

Elara a observé les groupes relever les défis. Un groupe, dirigé par le Dr Patel, a rapidement trouvé son rythme, leurs idées circulant sans heurts. Un autre groupe, dirigé par le capitaine Carter, a dû faire face à des difficultés au début, mais a rapidement trouvé sa place, grâce aux encouragements et à la réflexion stratégique de Carter.

Le groupe du Dr Samir Khan était le plus diversifié, avec des membres d'horizons divers. Au début, ils se sont heurtés à des approches différentes, mais le calme de Khan et sa capacité à régler les conflits les ont aidés à trouver un terrain d'entente. À la fin de la tâche, ils travaillaient ensemble comme une machine bien huilée.

L'épreuve finale était un exercice de travail en équipe. Les candidats devaient simuler une situation critique à bord du vaisseau spatial *Odyssey*, comme une panne de système ou un atterrissage d'urgence. Ils devaient travailler ensemble pour résoudre le problème, en combinant leurs compétences et leurs connaissances.

Elara a observé les candidats faire face à la crise simulée. Le capitaine Carter a pris les choses en main, déléguant les tâches et veillant à ce que tout le monde reste concentré. Le Dr Patel a utilisé ses compétences analytiques pour diagnostiquer le problème, tandis que le Dr Khan a coordonné la communication entre les membres de l'équipe.

L'exercice a été intense, mais les candidats ont relevé le défi. Ils ont travaillé ensemble de manière harmonieuse, leurs atouts individuels se complétant. Elara a ressenti une vague de fierté en les regardant traverser la crise, leur détermination et leur résilience transparaissant.

Une fois les épreuves terminées, Elara rassembla les candidats dans la salle de briefing. Ils étaient épuisés mais euphoriques, leurs visages rougis par le frisson de l'accomplissement.

« Bravo à tous », a déclaré Elara, la voix emplie d'une admiration sincère. « Vous avez fait preuve d'une habileté, d'une détermination et d'un esprit d'équipe incroyables. Ces épreuves ont été conçues pour vous pousser à vos limites, et vous avez dépassé nos attentes. »

Les candidats échangèrent des sourires et des hochements de tête, un sentiment de camaraderie se forma entre eux. Elara savait que le chemin à parcourir serait semé d'embûches, mais elle avait confiance en l'équipe qu'ils étaient en train de constituer. Le signal était un phare, un appel à l'action, et elle était prête à les guider.

La mission ne faisait que commencer et le chemin à parcourir était incertain. Mais pour la première fois depuis longtemps, elle sentit une lueur d'espoir. Les étoiles l'appelaient et elle était prête à les suivre.

Sélections finales

La salle de briefing du centre de formation était remplie d'une tension palpable alors que les candidats attendaient les résultats des sélections finales. Le Dr Elara Quinn se tenait devant, son expression calme mais sérieuse. Elle savait à quel point ce moment signifiait pour chacun d'eux.

« Merci à tous pour votre travail acharné et votre dévouement », a commencé Elara, la voix ferme. « Les épreuves ont été conçues pour vous pousser à vos limites et évaluer non seulement vos compétences individuelles, mais aussi votre capacité à travailler en équipe. Vous avez tous fait preuve d'une résilience et d'une détermination incroyables. »

Elle s'arrêta un instant, laissant ses paroles pénétrer son esprit. Les candidats restèrent assis en silence, leurs visages mêlant espoir et anxiété. Elara prit une profonde inspiration et continua.

« Après mûre réflexion, nous avons fait notre sélection finale. Ces personnes ont démontré les qualités dont nous avions besoin pour cette mission : expertise, leadership et capacité à travailler sous pression. »

Elara tapota sa tablette et l'écran holographique projeta les noms des membres d'équipage sélectionnés. « Capitaine James Carter, Dr Lena Patel, Dr Samir Khan, lieutenant Maria Sanchez et ingénieur Alexei Volkov. Félicitations, vous faites désormais officiellement partie de la mission d'enquête sur le signal. »

La salle a explosé dans un mélange d'acclamations et d'applaudissements discrets. Les candidats sélectionnés ont échangé des sourires et des poignées de main, leur soulagement et leur enthousiasme étant évidents. Ceux qui n'ont pas été sélectionnés ont tenté de masquer leur déception en félicitant poliment leurs pairs.

Elara observait les réactions, ressentant un mélange de fierté et d'empathie. Elle savait à quel point cette opportunité signifiait pour tout le monde, et elle ne prenait pas à la légère la responsabilité de prendre ces décisions.

« À ceux qui n'ont pas été sélectionnés, a poursuivi Elara, sur un ton compatissant, sachez que vos efforts n'ont pas été vains. Vos contributions ont été inestimables et nous continuerons à compter sur votre soutien et votre expertise pour aller de l'avant. »

Elle reporta son attention sur les membres sélectionnés de l'équipage. « Quant à vous tous, notre voyage ne fait que commencer. Nous avons beaucoup de travail devant nous et nous devons être prêts à relever les défis auxquels nous serons confrontés. Chacun d'entre vous a un rôle crucial à jouer et j'ai pleinement confiance en vos capacités. »

Le capitaine Carter se leva, sa présence attirant l'attention. « Merci, docteur Quinn. Nous sommes prêts à tout donner. Cette mission est notre chance de faire la différence, et nous ne vous décevrons pas. »

Le Dr Patel a acquiescé. « Nous sommes arrivés jusqu'ici ensemble et nous ferons face à tout ce qui nous attend en équipe. »

Le Dr Khan a ajouté : « Le signal est un mystère, mais c'est aussi une opportunité. Tirons-en le meilleur parti possible. »

Le lieutenant Sanchez et l'ingénieur Volkov exprimèrent leurs sentiments, leurs expressions déterminées. Elara ressentit un élan de fierté et de responsabilité. C'était l'équipe qui allait se lancer dans la mission la plus importante de leur vie, et elle était prête à les guider jusqu'au bout.

« Merci à tous », dit Elara, la voix emplie d'une admiration sincère. « Mettons-nous au travail. Nous avons beaucoup de choses à préparer avant de partir. »

Une fois le briefing terminé, les membres de l'équipage se dispersèrent pour commencer leurs préparatifs. Elara les regarda partir, son esprit bouillonnant de pensées sur la mission à venir. Le signal était un phare, un appel à l'action, et elle était prête à les guider.

Le voyage serait long et semé d'embûches, mais pour la première fois depuis longtemps, elle sentit une lueur d'espoir. Les étoiles l'appelaient et elle était prête à les suivre.

Préparations

Le vaisseau spatial *Odyssey* se dressait majestueusement sur la rampe de lancement, sa coque argentée et élégante étincelant sous les lumières vives du spatioport. À l'intérieur, l'équipage nouvellement assemblé se déplaçait avec détermination, ses derniers préparatifs étant en cours. Le Dr Elara Quinn marchait dans les couloirs, son esprit bouillonnant de pensées sur la mission à venir.

Elara entra dans la salle de contrôle principale, où le capitaine James Carter était déjà à son poste, en train d'examiner les systèmes du vaisseau. Il leva les yeux et hocha la tête alors qu'elle s'approchait. « Tout semble aller pour le mieux, Dr Quinn. L'*Odyssée* est prête à être lancée. »

« Merci, capitaine », répondit Elara d'une voix ferme. « Assurons-nous que l'équipage est également prêt. »

Dans la salle des machines, Alexeï Volkov effectuait des diagnostics sur les systèmes de propulsion du navire. Ses mains se déplaçaient avec une précision éprouvée, sa concentration ne vacillait pas. Le lieutenant Maria Sanchez, l'officier tactique du navire, se tenait à proximité, vérifiant les protocoles de sécurité et les procédures d'urgence.

« Comment ça va, Alexei ? » demanda Elara en entrant dans la baie.

« Tous les systèmes sont au vert », répondit Alexeï, avec un accent russe prononcé mais clair. « L'*Odyssée* est en pleine forme. Nous sommes prêts à tout. »

Maria leva les yeux de sa console, l'air sérieux. « J'ai revérifié toutes les mesures de sécurité. Nous sommes prêts à faire face à toutes les éventualités. »

Elara hocha la tête, rassurée. « Bon travail, tous les deux. Assurons-nous que tout le monde est sur la même longueur d'onde. »

Dans le laboratoire scientifique, le Dr Lena Patel et le Dr Samir Khan finalisaient leur équipement et leur matériel de recherche. Le laboratoire était rempli d'instruments de pointe et d'écrans holographiques, chacun étant essentiel à leur mission de décodage du signal.

« Lena, Samir, comment ça va ici ? » demanda Elara en entrant dans le laboratoire.

« Nous sommes prêts », répondit Lena, les yeux brillants d'excitation. « Nous avons emballé tout ce dont nous avons besoin pour analyser le signal et recueillir des données. »

Samir a ajouté : « J'ai mis en place les systèmes de communication pour que nous puissions rester en contact avec la Terre et entre nous. Nous sommes prêts à partir. »

Elara sourit, ressentant une bouffée de fierté. « Excellent. Rassemblons-nous dans la salle de briefing pour un dernier contrôle. »

L'équipage s'est rassemblé dans la salle de briefing, leurs visages reflétant un mélange d'excitation et de détermination. Elara se tenait à l'avant, le cœur battant d'impatience.

« Merci à tous pour votre travail acharné et votre dévouement », a-t-elle commencé, la voix ferme. « Nous avons parcouru un long chemin pour en arriver là, et nous sommes maintenant prêts à nous lancer dans cette aventure. Notre mission est d'enquêter sur la source du signal et de découvrir ses secrets. C'est une tâche ardue, mais j'ai pleinement confiance en chacun d'entre vous. »

Le capitaine Carter s'avança, sa présence attirant l'attention. « Nous nous sommes entraînés pour cela et nous sommes prêts. Restons concentrés et travaillons ensemble. Nous affronterons l'inconnu, mais nous le ferons en équipe. »

Les membres de l'équipage hochèrent la tête, un sentiment d'unité se formant parmi eux. Elara ressentit un élan de fierté et de responsabilité. C'était l'équipe qui allait se lancer dans la mission la plus importante de leur vie, et elle était prête à les guider dans cette mission.

« Retournons à nos postes », dit Elara, la voix pleine de détermination. « Les étoiles nous appellent, il est temps de répondre. »

Alors que l'équipage se dispersait à leurs postes, Elara prit un moment pour observer la pièce. Le voyage qui l'attendait serait long et semé d'embûches, mais pour la première fois depuis longtemps, elle sentit une lueur d'espoir. Le signal était un phare, un appel à l'action, et elle était prête à le suivre.

Le compte à rebours a commencé et l'*Odyssée* s'est préparée au lancement. Les étoiles l'attendaient et l'équipage était prêt à se lancer dans son voyage épique vers l'inconnu.

CHAPTER 3

Chapitre 3 : Départ

Préparatifs finaux
Le vaisseau spatial *Odyssey* se dressait majestueusement sur la rampe de lancement, sa coque argentée et élégante étincelant sous les lumières vives du spatioport. À l'intérieur, l'atmosphère était chargée d'un mélange d'excitation et de tension tandis que l'équipage effectuait ses derniers préparatifs pour le départ. Le Dr Elara Quinn se déplaçait dans les couloirs, son esprit concentré sur la myriade de détails qui méritaient une attention particulière.

Dans la salle d'ingénierie, Alexei Volkov était penché sur une console, ses doigts volant sur le clavier alors qu'il effectuait des diagnostics sur les systèmes de propulsion du vaisseau. Le bourdonnement des machines emplissait l'air, un son réconfortant pour l'ingénieur chevronné. Elara s'approcha, l'air sérieux.

« Comment ça va, Alexei ? » demanda-t-elle d'une voix ferme.

« Tous les systèmes sont au vert », répondit Alexei, avec un accent russe prononcé mais clair. « Mais nous avons eu un petit problème avec les propulseurs secondaires. Je fais une dernière vérification maintenant. »

Elara hocha la tête, appréciant sa minutie. « Bien. Nous ne pouvons pas nous permettre d'avoir de mauvaises surprises une fois dans l'espace. »

Dans la salle de contrôle, le capitaine James Carter examinait les systèmes de navigation du navire. Ses yeux scrutaient les écrans holographiques, s'assurant que chaque détail était pris en compte. Le lieutenant Maria Sanchez se tenait à ses côtés, concentrée sur les protocoles de sécurité et les procédures d'urgence.

« Capitaine, tout est prêt ? » demanda Elara en entrant dans la pièce.

Carter leva les yeux, l'air calme et confiant. « Nous sommes prêts, docteur Quinn. Il ne reste que quelques vérifications de dernière minute, mais rien de grave. »

Maria a ajouté : « J'ai vérifié toutes les mesures de sécurité. Nous sommes prêts à faire face à toutes les éventualités. »

Elara sentit une bouffée de fierté monter en elle. « Excellent. Assurons-nous que tout le monde soit sur la même longueur d'onde. »

Dans le laboratoire scientifique, le Dr Lena Patel et le Dr Samir Khan finalisaient leur équipement et leur matériel de recherche. Le laboratoire était rempli d'instruments de pointe et d'écrans holographiques, chacun étant essentiel à leur mission de décodage du signal.

« Lena, Samir, comment ça va ici ? » demanda Elara en entrant dans le laboratoire.

« Nous sommes prêts », répondit Lena, les yeux brillants d'excitation. « Nous avons emballé tout ce dont nous avons besoin pour analyser le signal et recueillir des données. »

Samir a ajouté : « J'ai mis en place les systèmes de communication pour que nous puissions rester en contact avec la Terre et entre nous. Nous sommes prêts à partir. »

Elara sourit, rassurée. « Bon travail, tous les deux. Rassemblons-nous dans la salle de briefing pour un dernier point. »

L'équipage s'est rassemblé dans la salle de briefing, leurs visages reflétant un mélange d'excitation et de détermination. Elara se tenait à l'avant, le cœur battant d'impatience.

« Merci à tous pour votre travail acharné et votre dévouement », a-t-elle commencé, la voix ferme. « Nous avons parcouru un long chemin pour en arriver là, et nous sommes maintenant prêts à nous lancer dans cette aventure. Notre mission est d'enquêter sur la source du signal et de découvrir ses secrets. C'est une tâche ardue, mais j'ai pleinement confiance en chacun d'entre vous. »

Le capitaine Carter s'avança, sa présence attirant l'attention. « Nous nous sommes entraînés pour cela et nous sommes prêts. Restons concentrés et travaillons ensemble. Nous affronterons l'inconnu, mais nous le ferons en équipe. »

Les membres de l'équipage hochèrent la tête, un sentiment d'unité se formant parmi eux. Elara ressentit un élan de fierté et de responsabilité. C'était l'équipe qui allait se lancer dans la mission la plus importante de leur vie, et elle était prête à les guider dans cette mission.

« Retournons à nos postes », dit Elara, la voix pleine de détermination. « Les étoiles nous appellent, il est temps de répondre. »

Alors que l'équipage se dispersait à leurs postes, Elara prit un moment pour observer la pièce. Le voyage qui l'attendait serait long et semé d'embûches, mais pour la première fois depuis longtemps, elle sentit une lueur d'espoir. Le signal était un phare, un appel à l'action, et elle était prête à le suivre.

Le compte à rebours a commencé et l' *Odyssée* s'est préparée au lancement. Les étoiles l'attendaient et l'équipage était prêt à se lancer dans son voyage épique vers l'inconnu.

Le lancement

La rampe de lancement était en pleine effervescence alors que le compte à rebours final commençait. Le vaisseau spatial *Odyssey* était prêt à décoller, sa silhouette élancée témoignant de l'ingéniosité et de l'ambition humaines. À l'intérieur, l'équipage prenait position, chaque membre concentré sur ses tâches. Le Dr Elara Quinn était assise dans le fauteuil de commandement, son cœur battant à tout rompre avec un mélange d'excitation et d'appréhension.

« Tous les systèmes sont en état de fonctionnement », craqua la voix du capitaine James Carter dans l'interphone. « Les moteurs sont amorcés, la navigation est réglée et les systèmes de survie sont au vert. »

Elara jeta un coup d'œil à la salle de contrôle et croisa le regard de son équipage. « Merci, capitaine. Tout le monde, préparez-vous au lancement. »

Le compte à rebours s'écoulait, chaque seconde s'étirant jusqu'à devenir une éternité. Les doigts d'Elara se resserrèrent autour des accoudoirs de sa chaise. C'était le moment pour lequel ils avaient tous travaillé.

« Dix... neuf... huit... » La voix de l'officier de contrôle de mission résonna dans tout le vaisseau.

Dans la salle d'ingénierie, Alexei Volkov surveillait les systèmes de propulsion, les yeux rivés sur les écrans. Le lieutenant Maria Sanchez se tenait à côté, prête à intervenir en cas d'urgence. Dans le laboratoire scientifique, le Dr Lena Patel et le Dr Samir Khan sécurisaient leur équipement, leurs visages reflétant un mélange d'excitation et de détermination.

« Sept... six... cinq... »

Elara prit une profonde inspiration, son esprit s'emballant à l'idée de la mission à venir. Le signal était un phare, un appel à l'action, et ils étaient sur le point d'y répondre.

« Quatre... trois... deux... »

Le vaisseau vibrait sous la puissance des moteurs, le bourdonnement des machines emplissait l'air. Elara sentit une poussée d'adrénaline, son cœur battait fort dans sa poitrine.

« Un... décollage ! »

L' *Odyssée* rugit et ses moteurs s'allumèrent dans une explosion d'énergie. Le vaisseau décolla du sol et s'éleva dans le ciel avec une grâce douce et contrôlée. Elara sentit la pression du lancement, la force qui la repoussait dans son siège. Elle jeta un œil aux moniteurs, regardant la Terre s'effondrer sous eux.

« L'altitude est stable », annonça le capitaine Carter d'une voix ferme. « Nous sommes sur la bonne voie. »

Elara hocha la tête, les yeux fixés sur la vue à travers la fenêtre. Le bleu et le vert de la Terre se fondaient dans la noirceur de l'espace, les étoiles s'étendant devant elles comme un vaste océan inexploré.

« Enclenchement des propulseurs primaires », la voix d'Alexei retentit dans l'interphone. « Tous les systèmes sont en mode nominal. »

Le vaisseau s'élança, les étoiles se transformant en traînées de lumière tandis qu'ils accéléraient. Elara ressentit un sentiment d'émerveillement et de crainte, la réalité de leur voyage s'imprégnant de lui. Ils laissaient derrière eux tout ce qu'ils connaissaient, s'aventurant dans l'inconnu.

« Comment va tout le monde ? » demanda Elara, la voix calme.

« Tout va bien », a répondu le Dr Patel depuis le laboratoire scientifique. « Nous sommes prêts à commencer à analyser les données dès que nous serons en orbite stable. »

« Les communications sont claires », a ajouté le Dr Khan. « Nous maintenons le contact avec le centre de contrôle de la mission. »

Elara sourit, ressentant une vague de fierté. « Excellent. Continuons comme ça. »

Le vaisseau continua son ascension, l'équipage s'adaptant aux défis du voyage spatial. La tension physique du lancement commença à s'atténuer, remplacée par un sentiment d'euphorie. Ils y étaient parvenus – contre toute attente, ils étaient en route.

Alors que l'*Odyssée* atteignait son orbite, Elara prit un moment pour réfléchir au voyage qui l'attendait. Le signal était un mystère, une énigme qui attendait d'être résolue. Mais avec cette équipe, elle était sûre qu'ils pourraient en découvrir les secrets.

« Préparez-vous pour la phase suivante », dit Elara, la voix pleine de détermination. « Les étoiles nous appellent et nous sommes prêts à répondre. »

L'équipage hocha la tête, leurs visages reflétant un sentiment commun d'objectif. Le voyage ne faisait que commencer et le chemin à parcourir était incertain. Mais pour la première fois depuis longtemps, Elara sentit une étincelle d'espoir. Les étoiles l'attendaient et l'*Odyssée* était prête à se lancer dans son voyage épique vers l'inconnu.

Naviguer dans l'espace

L'immensité de l'espace s'étendait devant l'*Odyssée*, une étendue infinie d'étoiles et d'obscurité. À l'intérieur du vaisseau, l'équipage s'installait dans ses routines, chaque membre se concentrant sur ses tâches. Le Dr Elara Quinn était assise dans le siège de commandement, ses yeux scrutant les écrans holographiques qui remplissaient la salle de contrôle.

« Tous les systèmes sont stables », a annoncé le capitaine James Carter d'une voix calme et assurée. « Nous sommes sur la bonne voie et maintenons une vitesse optimale. »

Elara hocha la tête, son esprit s'emballant déjà avec des pensées sur le voyage à venir. « Bien. Gardons un œil sur les anomalies. Nous ne pouvons pas nous permettre d'avoir de mauvaises surprises. »

Dans la baie de navigation, la lieutenante Maria Sanchez surveillait la trajectoire du vaisseau, ses doigts dansant sur les commandes. « Nous approchons d'un champ d'astéroïdes, annonça-t-elle. Nous ajustons notre cap pour l'éviter. »

Les propulseurs du vaisseau s'allumèrent et l' *Odyssée* vira légèrement vers la gauche, naviguant à travers l'amas dense de roches spatiales. L'équipage surveillait les moniteurs, la tension palpable alors qu'ils manœuvraient à travers les obstacles.

« Ne bougez pas, dit le capitaine Carter, les yeux fixés sur l'écran. Bon travail, lieutenant. »

Maria sourit, sa concentration ne vacillant pas. « Merci, capitaine. Nous sommes sortis du champ d'astéroïdes. »

Dans le laboratoire scientifique, le Dr Lena Patel et le Dr Samir Khan étaient occupés à analyser les données des capteurs du vaisseau. Le laboratoire était rempli du doux bourdonnement des machines, la lueur des écrans holographiques projetant une lumière éthérée sur leurs visages.

« Regardez ça », dit Lena en désignant une série de mesures sur son écran. « Nous détectons des fluctuations énergétiques inhabituelles dans cette région. »

Samir se pencha, les sourcils froncés. « Cela pourrait être le signe d'un phénomène céleste proche. Nous devrions enquêter davantage. »

La voix d'Elara résonna dans l'interphone. « Lena, Samir, qu'est-ce que vous avez ? »

« Nous avons relevé des valeurs énergétiques intéressantes », a répondu Lena. « Cela vaut peut-être la peine d'y regarder de plus près. »

Elara réfléchit un instant. « Très bien. Ajustons notre cap et voyons ce que nous pouvons trouver. Tiens-moi au courant. »

Alors que le vaisseau changeait de trajectoire, l'équipage ressentait un sentiment d'impatience. L'inconnu les attendait et ils étaient impatients d'en découvrir les secrets. L'*Odyssée* glissait dans l'espace, ses capteurs scrutant les environs à la recherche de signes d'intérêt.

« Capitaine, nous détectons un gros objet devant nous », a annoncé Maria. « Il semble s'agir d'un vaisseau spatial abandonné. »

Les yeux d'Elara s'écarquillèrent. « Rapprochez-nous. Voyons à quoi nous avons affaire. »

L'*Odyssée* s'approcha du navire abandonné, ses lumières illuminant la coque sombre et silencieuse. L'équipage regarda avec émerveillement les détails du navire abandonné apparaître.

« On dirait qu'il est là depuis longtemps », a observé le capitaine Carter. « Aucun signe de vie ou d'activité. »

Elara hocha la tête. « Envoyons une équipe pour enquêter. Il pourrait y avoir des données ou des ressources précieuses à bord. »

Une petite équipe, composée du capitaine Carter, du lieutenant Sanchez et de l'ingénieur Volkov, s'est équipée et s'est préparée à monter à bord du vaisseau abandonné. Elara observait la scène depuis la salle de contrôle, le cœur battant d'impatience.

« Soyez prudents », dit-elle d'une voix ferme. « Nous ne savons pas ce que nous allons trouver là-dedans. »

L'équipe monta à bord du vaisseau abandonné, leurs lumières perçant l'obscurité. L'intérieur était étrangement silencieux, l'air épais sous le poids du temps. Ils se déplaçaient avec précaution, leurs yeux scrutant le moindre signe de danger ou toute information précieuse.

« Capitaine, par ici », appela Maria en désignant un panneau de contrôle. « On dirait que les journaux de bord sont toujours intacts. »

Carter hocha la tête. « Voyons ce que nous pouvons récupérer. Cela pourrait nous donner des indices sur ce qui s'est passé ici. »

Tandis que l'équipe s'efforçait d'extraire les données, Elara ressentit une vague d'excitation. Le voyage ne faisait que commencer et le chemin à parcourir était rempli de mystère et de découvertes. Le signal était un phare, un appel à l'action, et ils étaient prêts à le suivre.

Les étoiles l'attendaient et l'*Odyssée* était prête à se lancer dans son voyage épique vers l'inconnu.

L'Anomalie

L'*Odyssée* glissait dans l'immensité de l'espace, ses capteurs scrutant en permanence la moindre anomalie. L'équipage était en état d'alerte maximale, les yeux fixés sur les écrans holographiques qui remplissaient la salle de contrôle. Le Dr Elara Quinn se tenait au centre, son esprit bouillonnant de pensées sur la mission à venir.

« Capitaine, nous détectons une anomalie sur notre chemin », a annoncé le lieutenant Maria Sanchez, la voix tendue. « Cela ne ressemble à rien de ce que nous avons rencontré jusqu'à présent. »

Les yeux d'Elara se plissèrent tandis qu'elle étudiait les données sur l'écran. L'anomalie était une masse tourbillonnante d'énergie, ses schémas chaotiques et imprévisibles. « Que savons-nous à ce sujet ? »

Maria secoua la tête. « Pas grand-chose. Il émet de fortes ondes gravitationnelles et des signatures énergétiques inhabituelles. Il pourrait s'agir d'un trou de ver, mais nous ne pouvons pas en être certains. »

Le capitaine James Carter s'avança, l'air sérieux. « Si c'est un trou de ver, cela pourrait être un raccourci vers notre destination. Mais cela pourrait aussi être extrêmement dangereux. »

Elara hocha la tête, évaluant les risques et les avantages potentiels. « Nous avons besoin de plus d'informations. Regardons cela de plus près. »

L'*Odyssée* s'approcha de l'anomalie, ses capteurs travaillant sans relâche pour recueillir des données. La masse tourbillonnante d'énergie grandissait sur l'écran, ses motifs étant à la fois hypnotisants et terrifiants.

« Docteur Patel, docteur Khan, qu'en pensez-vous ? » demanda Elara en se tournant vers l'équipe scientifique.

Le Dr Lena Patel a étudié les relevés, les sourcils froncés de concentration. « Les signatures énergétiques correspondent à celles d'un trou de ver, mais il y a quelque chose d'inhabituel. C'est plus instable que tout ce que nous avons vu auparavant. »

Le Dr Samir Khan a ajouté : « Si nous y pénétrons, rien ne garantit que nous en sortirons en un seul morceau. Mais si nous y parvenons, cela pourrait nous rapprocher beaucoup plus de la source du signal. »

La salle devint silencieuse tandis que l'équipage assimilait les implications. La décision pesait lourdement sur les épaules d'Elara. Elle connaissait les risques, mais elle savait aussi que cela pourrait être leur meilleure chance d'atteindre leur destination.

« Nous devons prendre une décision », dit Elara d'une voix ferme. « Est-ce qu'on prend le risque d'entrer dans le trou de ver, ou est-ce qu'on trouve un autre moyen ? »

Le capitaine Carter s'avança, l'air résolu. « Je dis qu'il faut y aller. Cette mission est trop importante pour faire marche arrière maintenant. »

Maria acquiesça. « J'ai confiance en notre navire et en notre équipage. Nous pouvons gérer cela. »

Le Dr Patel et le Dr Khan échangèrent un regard, puis hochèrent la tête. « Nous sommes avec toi, Elara », dit Lena. « Allons-y. »

Elara prit une profonde inspiration, sentant une bouffée de détermination monter en elle. « Très bien. Préparons-nous à l'entrée. Tout le monde à vos postes. »

L'équipage avançait avec détermination, leur entraînement et leur travail d'équipe étant évidents dans chacune de leurs actions. L'

Odyssée ajusta sa trajectoire, se dirigeant droit vers le cœur de l'anomalie. La masse tourbillonnante d'énergie se fit plus grande, ses motifs devenant plus chaotiques.

« Boucliers activés », a annoncé Alexeï Volkov depuis la baie technique. « Tous les systèmes sont au vert. »

« Ne bougez pas, dit le capitaine Carter, les yeux fixés sur l'écran. Nous y sommes presque. »

Le vaisseau tremblait en pénétrant dans la zone extérieure de l'anomalie, les forces gravitationnelles tirant sur sa coque. L'équipage retenait son souffle, les yeux rivés sur les moniteurs.

« Attendez, tout le monde », dit Elara d'une voix calme mais ferme. « On y va. »

L'*Odyssée* s'est enfoncée au cœur de l'anomalie, l'énergie tourbillonnante enveloppant le vaisseau. L'équipage a ressenti une vague de désorientation alors que le vaisseau était entraîné à travers le trou de ver, la trame de l'espace et du temps se déformant autour d'eux.

Pendant un instant, tout fut chaotique. Le vaisseau trembla violemment, les lumières vacillèrent tandis que les forces gravitationnelles menaçaient de le détruire. Mais l'équipage tint bon, sa détermination inébranlable.

Puis, aussi soudainement qu'elles avaient commencé, les turbulences cessèrent. L'*Odyssée* émergea du trou de ver dans une région inconnue de l'espace, les étoiles s'étendant devant eux comme un vaste océan inexploré.

« Nous avons réussi », dit Elara, la voix emplie d'admiration et de soulagement. « Nous avons réussi. »

L'équipage poussa un soupir de soulagement collectif, leurs visages reflétant un mélange d'épuisement et d'euphorie. Le voyage était loin d'être terminé, mais ils avaient franchi une étape cruciale.

« Voyons où nous sommes », dit le capitaine Carter, ses yeux scrutant le nouveau champ d'étoiles. « Et trouvons ce signal. »

Les étoiles l'attendaient et l'*Odyssée* était prête à poursuivre son voyage épique vers l'inconnu.

À travers le trou de ver

L'*Odyssée* fonça à travers le trou de ver, la coque du vaisseau gémissant sous les immenses forces gravitationnelles. Le tourbillon d'énergie à l'extérieur des fenêtres était un kaléidoscope de couleurs, changeant et changeant d'une manière qui défiait l'entendement. À l'intérieur, l'équipage s'accrochait à ses postes, le visage figé par la détermination.

« Ne bougez pas, tout le monde ! » résonna la voix calme et autoritaire du capitaine James Carter. « Nous avons presque terminé. »

Le Dr Elara Quinn agrippa les accoudoirs de sa chaise, les yeux fixés sur l'écran principal. Les capteurs du vaisseau peinaient à donner un sens à l'environnement chaotique, les affichages vacillants et perturbateurs. Elle sentait la tension dans l'air, la peur tacite de ne pas y arriver.

« Les boucliers tiennent le coup », a rapporté Alexeï Volkov depuis la salle d'ingénierie, la voix tendue. « Mais nous les poussons à leurs limites. »

« Encore un peu de temps, dit Elara d'une voix ferme. On peut y arriver. »

Le vaisseau tremblait violemment, les lumières vacillaient tandis que les forces gravitationnelles s'intensifiaient. L'équipage retenait son souffle, les yeux rivés sur les moniteurs. Le temps semblait s'étirer et se déformer, chaque seconde semblant durer une éternité.

Puis, dans une secousse soudaine, l'*Odyssée* a traversé l'autre côté du trou de ver. Les turbulences ont cessé et le vaisseau s'est stabilisé, le tourbillon d'énergie laissant place à l'étendue calme et étoilée de l'espace.

« Nous avons terminé », annonça le capitaine Carter, la voix pleine de soulagement. « Tous les systèmes sont vérifiés. »

Elara poussa un soupir de soulagement. « Rapport de situation, tout le monde. »

« Les boucliers sont intacts », dit Alexei d'une voix plus calme. « Aucun dégât majeur. »

« Les systèmes de navigation sont en cours de réétalonnage », a ajouté le lieutenant Maria Sanchez. « Nous sommes dans une région inconnue de l'espace, mais tout semble stable. »

Dans le laboratoire scientifique, les docteurs Lena Patel et Samir Khan analysaient déjà les nouvelles données. « Nous obtenons des résultats intéressants », a déclaré Lena, les yeux brillants d'excitation. « Cette région est riche en particules exotiques. Elle pourrait être une mine d'informations. »

Samir acquiesça. « Et nous sommes plus proches de la source du signal. Les mesures sont plus fortes ici. »

Elara sentit une bouffée d'excitation monter en elle. « Excellent travail, tout le monde. Commençons à cartographier cette région et voyons ce que nous pouvons trouver. »

L'équipage avançait avec une énergie renouvelée, la tension initiale remplacée par un sentiment d'accomplissement et d'impatience. L' *Odyssée* glissait à travers le champ d'étoiles inconnu, ses capteurs scrutant l'espace environnant à la recherche de signes d'intérêt.

« Capitaine, je détecte une planète à proximité », a annoncé Maria. « Il semble qu'elle pourrait abriter la vie. »

Les yeux d'Elara s'écarquillèrent. « Rapprochez -nous . Voyons mieux. »

Le vaisseau a ajusté son cap, se dirigeant vers la planète lointaine. À mesure qu'ils s'approchaient, les détails de la surface de la planète sont apparus : un monde verdoyant et luxuriant avec de vastes océans et d'imposantes chaînes de montagnes.

« C'est magnifique », dit Lena, la voix pleine d'admiration. « Et on dirait que l'atmosphère y est respirable. »

Elara ressentit un sentiment d'émerveillement et d'excitation. « Préparez une équipe d'atterrissage. Voyons ce que cette planète a à offrir. »

Alors que l'équipage se préparait à l'atterrissage, Elara prit un moment pour réfléchir à leur voyage. Ils avaient fait face à des défis et des incertitudes incroyables, mais ils en étaient sortis plus forts et plus unis. Le signal était un phare, un appel à l'action, et ils étaient prêts à le suivre où qu'il les mène.

Les étoiles l'attendaient et l'*Odyssée* était prête à poursuivre son voyage épique vers l'inconnu. L'aventure ne faisait que commencer et Elara sentit une étincelle d'espoir et de détermination. Les mystères du cosmos l'appelaient et elle était prête à découvrir leurs secrets.

CHAPTER 4

Chapitre 4 : Le voyage commence

Lancement
L' *Odyssée* se dressait fièrement sur la rampe de lancement, une merveille d'ingénierie humaine sur fond de ciel clair et étoilé. L'équipage, un groupe diversifié de scientifiques, d'ingénieurs et d'explorateurs, se déplaçait avec un mélange de précision et d'énergie nerveuse, chaque pas les rapprochant du moment auquel ils s'étaient entraînés pendant des années.

La capitaine Elena Vasquez, une astronaute chevronnée au comportement calme, arpentait les couloirs du vaisseau spatial, ses bottes faisant de légers bruits sourds sur le sol métallique. Elle s'arrêta à l'entrée du centre de commandement, prenant un moment pour observer son équipe. Le Dr Raj Patel, le scientifique en chef de la mission, était absorbé par ses dernières vérifications du matériel de laboratoire à bord. Le front plissé de concentration, il remarqua à peine la présence d'Elena.

« Comment ça va, Raj ? » demanda Elena, sa voix ferme et rassurante.

Raj leva les yeux, un sourire apparut sur son expression sérieuse. « Tout est en ordre, capitaine. Nous sommes prêts. »

Elena hocha la tête et poursuivit son chemin, son prochain arrêt étant la salle d'ingénierie où le lieutenant Sarah Thompson effectuait des diagnostics sur les systèmes de propulsion. Sarah, avec ses cheveux courts et sa concentration intense, était au cœur des opérations techniques du navire.

« Les moteurs sont prêts à démarrer ? » demanda Elena.

Sarah leva les yeux, les yeux pétillants d'excitation. « Tout est vert, capitaine. Nous sommes prêts pour le lancement. »

Elena continua sa tournée, prenant des nouvelles de chaque membre de l'équipage, prodiguant des mots d'encouragement et s'assurant que chaque détail était parfait. Le poids de la mission pesait sur ses épaules, mais elle le portait avec la grâce d'un leader qui connaissait l'importance de son voyage.

Finalement, elle se dirigea vers le cockpit, où le premier officier Michael Chen était déjà attaché à son siège, en train de parcourir la liste de contrôle avant le vol. Michael, avec son attitude calme et son instinct aiguisé, était le complément parfait au leadership d'Elena.

« Tu es prêt pour ça, Michael ? » demanda Elena en s'installant à côté de lui.

Michael hocha la tête avec assurance. « Plus prêt que jamais, capitaine. »

Le compte à rebours commença, chaque seconde s'écoulant dans un mélange d'impatience et d'anxiété. L'équipage s'attacha, le bourdonnement des moteurs devenant de plus en plus fort à mesure que les dernières vérifications étaient effectuées. La voix d'Elena parvint dans l'interphone, ferme et posée.

« Tout l'équipage, préparez-vous au lancement. C'est le début de notre voyage vers l'inconnu. Écrivons l'histoire. »

Les dernières secondes semblèrent durer une éternité, puis, avec un rugissement qui fit trembler le sol, l' *Odyssée* décolla. La force les plaqua contre leurs sièges, les vibrations résonnant dans le vaisseau alors qu'il s'élevait dans l'atmosphère. La vue à travers les fenêtres passa du bleu de la Terre à la noirceur d'encre de l'espace, parsemé d'étoiles lointaines.

Alors que le vaisseau se stabilisait en orbite, Elena prit une profonde inspiration, consciente de l'énormité de leur mission. Ils n'étaient plus liés par la gravité de la Terre. Devant eux s'étendait l'immensité de l'espace, remplie de mystères attendant d'être découverts.

« Bienvenue dans l'espace, tout le monde », dit Elena, la voix emplie d'un mélange d'admiration et de détermination. « Le voyage commence maintenant. »

Voyage dans l'espace

L' *Odyssée* a glissé dans l'immensité de l'espace, sa coque élégante reflétant la lumière lointaine des étoiles. À l'intérieur, l'équipage s'est installé dans le rythme de son voyage, chaque membre trouvant sa place dans la danse complexe du voyage spatial.

La capitaine Elena Vasquez se tenait sur le pont d'observation, contemplant le vide sans fin. Les étoiles semblaient plus proches, leur lumière plus intense, comme si elles guidaient l' *Odyssée* sur son chemin. Elle respira profondément, ressentant le poids de la mission et l'excitation de l'inconnu.

« Capitaine, nous sommes entrés dans le champ d'astéroïdes », crépita la voix de Michael Chen dans l'interphone.

Elena se retourna et se dirigea vers le cockpit, où Michael et le reste de l'équipage surveillaient les systèmes du vaisseau. Le champ d'astéroïdes était un amas dense de rochers et de débris, un parcours d'obstacles naturel qui nécessitait une navigation précise.

« Engagez les boucliers déflecteurs », ordonna Elena, sa voix calme et autoritaire.

Les doigts de Sarah Thompson volèrent sur les commandes, activant les boucliers qui protégeraient l' *Odyssée* des débris plus petits.

Le vaisseau trembla légèrement en entrant dans le champ, les boucliers absorbant les impacts .

« Ne bougez pas, dit Michael, les yeux fixés sur l'écran de navigation. Il va falloir que nous trouvions le fil de l'aiguille. »

L'équipage a travaillé à l'unisson, chaque membre apportant son expertise pour guider le vaisseau en toute sécurité à travers le champ d'astéroïdes. Raj Patel a surveillé les capteurs, fournissant des données en temps réel sur la position des plus gros astéroïdes. Sarah a ajusté le cap du vaisseau, effectuant des corrections minutieuses pour éviter les collisions.

En parcourant le terrain, l'équipage a partagé des moments de camaraderie et de tension. Elena pouvait voir la détermination dans leurs yeux, le sens commun qui les unissait. Ils étaient plus qu'une simple équipe ; ils étaient une famille, unis par leur mission.

« Regardez ça », dit Raj en désignant l'écran principal.

Un astéroïde massif se profilait devant lui, sa surface criblée de cratères et de crêtes. C'était un spectacle à couper le souffle, un rappel de la puissance brute et de la beauté du cosmos. L'équipage regardait avec émerveillement l'*Odyssey* manœuvrer autour de lui, les propulseurs du vaisseau tirant en rafales précises.

« Dégagez du champ d'astéroïdes », annonça Michael, une note de soulagement dans la voix.

Elena sourit, ressentant une vague de fierté pour son équipe. « Bravo à tous. Continuons d'avancer. »

Au cours de leur périple, l'équipage a dû faire face à d'autres difficultés. Des éruptions solaires ont éclaté depuis une étoile proche, envoyant des ondes de radiations vers le vaisseau. Les boucliers de l'*Odyssée* ont tenu bon, mais l'équipage a dû agir rapidement pour ajuster sa trajectoire et éviter le pire de la tempête.

Dans les moments plus calmes, l'équipage se rapprochait en partageant des expériences. Ils se réunissaient dans l'espace commun, partageant des histoires et des rires. Elena a vu des amitiés se former et s'approfondir, les liens de confiance et de respect se renforçant de jour en jour.

Un soir, alors que le navire naviguait dans l'obscurité, Raj appela Elena au laboratoire. « Capitaine, vous devez voir ça. »

Elena le suivit jusqu'au laboratoire, où un écran holographique montrait une série de signaux. « Qu'est-ce qu'il y a, Raj ? »

« Je pense que nous avons trouvé les premiers indices sur l'origine du signal », a déclaré Raj, son enthousiasme étant palpable. « Ces schémas... ils ne sont pas aléatoires. Ils sont un message. »

Le cœur d'Elena battait fort tandis qu'elle étudiait l'écran. Le voyage venait à peine de commencer, mais ils découvraient déjà les mystères qui les attendaient. Le signal était là, attendant d'être déchiffré, et l'*Odyssée* était en route pour le trouver.

« Bon travail, Raj », dit Elena, la voix pleine de détermination. « Continuons à creuser. Nous sommes sur la bonne voie. »

Alors que l'*Odyssée* poursuivait son voyage à travers les étoiles, l'équipage savait qu'il faisait partie de quelque chose de plus grand qu'eux-mêmes. Ils étaient des explorateurs, des pionniers à la frontière de la connaissance humaine, et leur aventure ne faisait que commencer.

La planète inconnue

L'*Odyssée* émergea du tunnel de distorsion, les étoiles revenant à leurs positions familières tandis que le vaisseau ralentissait à une vitesse inférieure à celle de la lumière. Devant eux se trouvait une planète comme ils n'en avaient jamais vue auparavant, une masse tourbillonnante de verts et de bleus, avec d'étranges nuages luminescents qui brillaient doucement sur le fond sombre de l'espace.

La capitaine Elena Vasquez se tenait à la barre, les yeux fixés sur la planète. « Nous sommes arrivés », dit-elle, sa voix emplie d'un mélange d'admiration et d'impatience. « Préparez-vous à atterrir. »

L'équipage s'est déplacé avec une efficacité éprouvée, chaque membre prenant position pour la descente. Le lieutenant Sarah Thompson surveillait les systèmes du vaisseau, s'assurant que tout fonctionnait parfaitement. Le Dr Raj Patel et les autres scientifiques ont rassemblé leur équipement, prêts à commencer leur exploration.

Lorsque l'*Odyssée* entra dans l'atmosphère de la planète, le vaisseau trembla légèrement, la friction créant une lueur ardente autour de la coque. La vue à travers les fenêtres passa de l'obscurité de l'espace à un paysage vibrant d'une beauté extraterrestre. D'étranges plantes imposantes aux feuilles bioluminescentes s'étendaient vers le ciel, et des rivières de liquide scintillant serpentaient à travers le terrain.

« Site d'atterrissage en vue », a annoncé Michael Chen depuis le cockpit. « Il nous fait atterrir. »

L'*Odyssée* atterrit en douceur sur une étendue de terrain plat, le train d'atterrissage s'enfonçant légèrement dans la surface molle et mousseuse. L'équipage se détacha et se rassembla dans le sas, l'excitation et la curiosité se lisant sur leurs visages.

« N'oubliez pas que nous ne savons pas à quoi nous avons affaire ici », leur rappela Elena. « Restez vigilants et restez unis. »

Le sas s'ouvrit en sifflant et l'équipage sortit sur la surface de la planète. L'air était épais et humide, empli de l'odeur d'une flore inconnue. Le sol sous leurs pieds était doux et élastique, cédant légèrement à chaque pas.

« Regardez cet endroit », dit Sarah, la voix pleine d'émerveillement. « Je n'ai jamais rien vu de pareil. »

Raj s'agenouilla et examina un groupe de champignons lumineux qui émettaient une douce lumière. « Incroyable. La biodiversité ici est stupéfiante. »

Alors qu'ils s'enfonçaient plus profondément dans le paysage extraterrestre, l'équipage rencontra des visions étranges et merveilleuses. Des fleurs géantes et translucides émettant un bourdonnement doux et mélodieux. Des arbres à l'écorce scintillante comme du métal. De petites créatures ressemblant à des insectes voletaient dans l'air, laissant des traînées de lumière dans leur sillage.

« Soyez attentifs à tout signe de technologie », a ordonné Elena. « Nous devons découvrir d'où vient ce signal. »

Leur exploration les a conduits à une série d'étranges structures géométriques partiellement enfouies dans le sol. Ces structures étaient constituées d'un matériau qui semblait se déplacer et changer de couleur sous l'effet de la lumière, et elles étaient couvertes de motifs et de symboles complexes.

« On dirait des ruines », dit Raj, la voix teintée d'excitation. « On pourrait être en présence des vestiges d'une ancienne civilisation. »

L'équipage s'est déployé, examinant les structures et collectant des échantillons. Elena a ressenti un frisson de découverte en passant ses doigts sur la surface lisse et fraîche de l'une des structures. C'était pour cela qu'ils étaient venus : avoir la chance de découvrir les secrets de l'univers.

Tandis qu'ils travaillaient, le sol sous leurs pieds commença à trembler légèrement. Elena leva les yeux, ses sens en alerte. « Tout le monde, restez près de nous. Nous ne savons pas ce qui cause cela. »

Les tremblements s'intensifièrent et l'équipage se rassembla, leurs yeux scrutant les alentours. Soudain, une créature massive émergea du feuillage, son corps couvert d'écailles irisées qui reflétaient la lumière dans une gamme de couleurs éblouissantes. La créature émit un grognement bas et grondant, ses yeux fixés sur les intrus.

« Retournons au vaisseau, maintenant ! » ordonna Elena, d'une voix ferme et autoritaire.

L'équipage se déplaça rapidement, se retirant vers l' *Odyssée* tandis que la créature les observait avec un regard méfiant. Ils atteignirent la sécurité du navire et scellèrent le sas derrière eux, leur cœur battant à tout rompre sous l'adrénaline.

« C'était pas loin », dit Michael, la voix tremblante. « C'était quoi ce truc ? »

« Je ne sais pas », répondit Elena, l'esprit en ébullition. « Mais il est clair que nous ne sommes pas seuls ici. Nous devons être prudents. »

Alors que l'équipage se regroupait et commençait à analyser ses découvertes, Elena ne pouvait s'empêcher de penser qu'ils n'avaient fait qu'effleurer la surface des mystères de la planète. Le signal était là, attendant d'être découvert, et elle était déterminée à en découvrir les secrets. Le voyage venait juste de commencer, et la planète inconnue réservait bien d'autres surprises.

Ruines antiques

L'équipage de l' *Odyssée* se tenait à l'entrée des ruines antiques, les yeux écarquillés d'émerveillement et de curiosité. Les structures devant eux étaient massives, dominant le paysage environnant, leurs surfaces couvertes de sculptures et de symboles complexes qui semblaient briller faiblement dans la pénombre.

La capitaine Elena Vasquez ouvrit la voie, sa lampe torche éclairant les ombres tandis qu'elle pénétrait prudemment dans les ruines. L'air à l'intérieur était frais et calme, empli d'une légère odeur de terre et de pierre. Les murs étaient ornés de peintures murales représentant des scènes d'une civilisation disparue depuis longtemps, leur art à la fois magnifique et envoûtant.

« Ces ruines sont incroyables », a déclaré le Dr Raj Patel, sa voix résonnant doucement dans la vaste salle. « Le niveau de détail de ces sculptures... c'est tout ce que j'ai jamais vu. »

La lieutenante Sarah Thompson a passé ses doigts sur la surface lisse d'un des murs, traçant les motifs avec un sentiment de révérence. « C'est comme s'ils essayaient de raconter une histoire », a-t-elle dit. « Mais qu'est-ce que cela signifie ? »

En s'aventurant plus profondément dans les ruines, l'équipage a rencontré une série de chambres et de passages, tous plus élaborés les uns que les autres. D'étranges artefacts extraterrestres étaient disséminés dans les ruines, leurs fonctions inconnues mais leur savoir-faire indéniable.

« Regardez ça », dit Raj, agenouillé à côté d'un grand appareil circulaire qui semblait être fait d'un matériau métallique scintillant. « Cela pourrait être une sorte de panneau de commande ou d'interface. »

Elena examina l'appareil, son esprit se bousculant dans toutes les possibilités. « Si nous parvenons à comprendre comment l'activer, cela pourrait nous donner plus d'informations sur cet endroit et sur le signal que nous suivons. »

L'équipage a travaillé ensemble, en combinant ses connaissances et ses compétences pour déchiffrer la technologie ancienne . En rassemblant les indices, ils ont commencé à découvrir une série d'énigmes et de mécanismes qui semblaient garder les secrets les plus profonds des ruines.

« Ces symboles correspondent à ceux qui sont sur les murs », a expliqué Sarah en désignant une série de glyphes sur l'appareil. « Peut-être que si nous les alignons correctement, cela débloquera quelque chose. »

Avec une précision méticuleuse, ils ont manipulé l'appareil, alignant les symboles dans le bon ordre. Lorsque le dernier symbole s'est mis en place, l'appareil a commencé à bourdonner, émettant une douce lueur pulsée.

« Il se passe quelque chose », dit Raj, les yeux écarquillés d'excitation.

Le sol sous leurs pieds trembla légèrement et une porte cachée s'ouvrit, révélant un escalier qui descendait dans les profondeurs des ruines. L'équipage échangèrent des regards, un mélange d'anticipation et d'appréhension sur leurs visages.

« Reste près de moi et sois prête à tout », dit Elena en lui montrant le chemin dans les escaliers.

Le passage était étroit et escarpé, les murs bordés de sculptures et de symboles. Lorsqu'ils atteignirent le fond, ils se retrouvèrent dans une vaste salle remplie de statues imposantes et de technologies extraterrestres. L'air était chargé d'un sentiment presque palpable d'histoire et de mystère.

« Ce doit être le cœur des ruines », dit Raj, la voix étouffée par la crainte. « L'endroit où sont conservés les secrets les plus importants. »

En explorant la chambre, ils découvrirent de nouveaux artefacts et inscriptions qui laissaient entrevoir les connaissances et les capacités avancées de la civilisation. Mais à chaque découverte, le sentiment de malaise s'accentua.

« Nous ne sommes pas seuls ici », a déclaré Michael Chen, la voix tendue. « Je le sens. »

Elena hocha la tête, son instinct lui disant la même chose. « Reste vigilante. Nous ne savons pas ce qui pourrait se passer d'autre ici. »

Au fil de leur exploration, ils découvrirent une série d'énigmes et de mécanismes qui semblaient protéger les secrets les plus profonds de la chambre. Chaque énigme nécessitait une combinaison de logique, d'intuition et de travail d'équipe pour être résolue, et à chaque succès, ils se sentaient un peu plus près de découvrir la vérité.

Mais tandis qu'ils travaillaient, ils ne pouvaient se défaire du sentiment d'être observés. Des ombres semblaient se déplacer dans les coins de leur champ de vision et des sons étranges résonnaient dans la pièce.

« Nous devons être prudents », dit Elena, la voix ferme mais pleine de détermination. « Quoi qu'il y ait ici, ça attend depuis longtemps. Et ça ne va pas livrer ses secrets facilement. »

L'équipage poursuivit son chemin, déterminé à découvrir les mystères des ruines antiques et le signal qui les avait amenés ici. Le voyage était loin d'être terminé et les défis à venir mettraient leur courage et leur ingéniosité à rude épreuve. Mais ils étaient prêts, unis par leur mission commune et la promesse d'une découverte.

Les Gardiens

La pièce était vaste et silencieuse, l'air chargé d'une énergie ancienne, presque sacrée. L'équipage de l' *Odyssée* se déplaçait avec précaution, leurs lampes de poche projetant de longues ombres sur les murs ornés de symboles et de gravures extraterrestres. Au fond de la pièce, une porte massive était fermée, sa surface couverte de motifs complexes qui semblaient pulser d'une faible lumière surnaturelle.

La capitaine Elena Vasquez ouvrit la marche, ses sens en alerte. « Restez près de nous et gardez les yeux ouverts », ordonna-t-elle d'une voix à peine plus forte qu'un murmure. « Nous ne savons pas à quoi nous avons affaire ici. »

Alors qu'ils s'approchaient de la porte, le sol sous eux commença à trembler. Les gravures sur la porte brillèrent de plus belle et un bourdonnement sourd et résonnant emplit la chambre. L'équipage échangea des regards inquiets, leurs mains se dirigeant instinctivement vers leurs armes.

Soudain, la porte commença à s'ouvrir, les dalles de pierre massives s'écartant avec un bruit sourd et grondant. Derrière la porte, un groupe de silhouettes émergea, leurs formes hautes et imposantes. Elles ne ressemblaient à rien de ce que l'équipage avait déjà vu - de forme humanoïde, mais avec des traits qui étaient clairement extraterrestres. Leur peau scintillait d'un éclat métallique et leurs yeux brillaient d'une lumière intense et perçante.

« Qui es-tu ? » s'écria Elena, la voix ferme malgré la tension qui régnait dans l'air. « Nous venons en paix. Nous cherchons la connaissance. »

Les silhouettes s'avancèrent, leurs mouvements gracieux et réfléchis. L'une d'elles, qui semblait être le chef, leva la main en signe de salutation. Lorsqu'elle parla, sa voix était un mélange harmonieux de tons, résonnant avec une qualité presque musicale.

« Nous sommes les Gardiens », dit le chef. « Les protecteurs du savoir et des secrets de ce lieu. Pourquoi êtes-vous venus ici, voyageurs venus des étoiles ? »

Elena inspira profondément, choisissant soigneusement ses mots. « Nous sommes des explorateurs de la Terre. Nous avons reçu un signal qui nous a conduits ici. Nous cherchons à comprendre son origine et son but. »

Les Gardiens échangèrent des regards, leurs expressions impénétrables. « Le signal dont vous parlez est un phare, un appel pour ceux qui recherchent la sagesse et l'illumination. Mais c'est aussi un test. Seuls ceux qui se montrent dignes peuvent accéder au savoir que nous gardons. »

« Quel genre de test ? » a demandé le Dr Raj Patel, sa curiosité prenant le dessus sur son appréhension.

Le chef des Gardiens fit un geste vers la salle. « Vous avez déjà commencé le test en résolvant les énigmes et en surmontant les défis de cet endroit. Mais il reste encore beaucoup à faire. Vous devez démontrer votre compréhension, votre compassion et votre volonté d'apprendre. »

Elena hocha la tête, résolue. « Nous sommes prêts. Nous ferons tout ce qu'il faudra pour prouver que nous en sommes dignes. »

Les Gardiens ont conduit l'équipage plus profondément dans la salle, où ils ont dû faire face à une série d'épreuves conçues pour tester leur intelligence, leur esprit d'équipe et leur intégrité morale. Chaque épreuve était plus difficile que la précédente, poussant l'équipage à ses limites.

Lors d'une épreuve, ils ont dû déchiffrer une série complexe de symboles pour déverrouiller un passage secret. Dans une autre, ils ont été confrontés à un dilemme moral, forcés de choisir entre la sécurité de leur équipage et la quête du savoir. Pendant tout ce temps, les Gardiens ont observé, leurs expressions indéchiffrables.

À la fin du procès final, le chef des Gardiens s'est avancé. « Vous avez prouvé que vous en étiez dignes », a-t-il déclaré. « Vous avez montré que vous possédez les qualités nécessaires pour accéder au savoir que nous gardons. »

Les Gardiens conduisirent l'équipage vers une chambre centrale, où se dressait une structure massive et cristalline. La structure pulsait d'une lumière douce et éthérée, et dans ses profondeurs, l'équipage pouvait voir des images et des symboles tourbillonner dans une danse envoûtante.

« C'est le cœur de la connaissance », a déclaré le chef. « Il contient la sagesse et l'histoire de notre civilisation. Vous pouvez y accéder, mais n'oubliez pas : une grande connaissance implique de grandes responsabilités. »

Elena s'avança, sa main tremblant légèrement alors qu'elle tendait la main pour toucher la surface cristalline. Lorsque ses doigts entrèrent en contact, une vague d'énergie la traversa et les images à l'intérieur du cristal devinrent plus claires. Elle eut des visions de l'ancienne civilisation, de ses réalisations et de ses luttes, de ses triomphes et de ses échecs.

L'équipage se rassembla autour de lui, chaque membre ressentant sa propre connexion avec le Cœur de la Connaissance. Ils furent remplis d'un sentiment d'émerveillement et de révérence, comprenant l'ampleur de ce qu'ils avaient découvert.

Tandis qu'ils se tenaient là, le chef des Gardiens reprit la parole : « Vous avez gagné le droit d'acquérir ce savoir. Utilisez-le à bon escient et qu'il vous guide dans votre voyage. »

Elena hocha la tête, le cœur rempli de gratitude et de détermination. « Merci. Nous honorerons votre confiance et utiliserons ces connaissances pour améliorer notre compréhension de l'univers. »

Le Cœur de la Connaissance faisant désormais partie de leur mission, l'équipage de l'*Odyssée* savait que son voyage était loin d'être terminé. Ils avaient découvert les secrets des ruines antiques, mais il leur restait encore de nombreux mystères à explorer et des défis à relever. Unis par leur objectif commun et la promesse de la découverte, ils étaient prêts à poursuivre leur aventure vers l'inconnu.

CHAPTER 5

Chapitre 5 : La planète inconnue

Arrivée
L'*Odyssée* perça l'atmosphère de la planète, la coque luisant sous la chaleur de la rentrée dans l'atmosphère. À l'intérieur, l'équipage observa avec émerveillement le paysage extraterrestre se dérouler sous eux. De vastes plaines de plantes bioluminescentes s'étendaient dans toutes les directions, leur douce lueur projetant une lumière étrange et magnifique sur le terrain. D'étranges formations rocheuses jaillissaient du sol, leurs surfaces scintillant d'un éclat irisé.

La capitaine Elena Vasquez se tenait à la barre, les yeux fixés sur la vue extérieure. « Préparez-vous à l'atterrissage », ordonna-t-elle d'une voix ferme malgré l'excitation qui bouillonnait en elle.

Le lieutenant Sarah Thompson manœuvra habilement les commandes, guidant le vaisseau vers une plaine plate et dégagée. « Le train d'atterrissage est sorti », annonça-t-elle. « Atterrissage dans trois... deux... un. »

L'*Odyssée* se posa sur le sol avec un léger bruit sourd, le train d'atterrissage s'enfonçant légèrement dans la surface douce et mousseuse. L'équipage se détacha et se rassembla dans le sas, leurs visages mêlant anticipation et curiosité.

« N'oubliez pas que nous ne savons pas à quoi nous avons affaire ici », leur rappela Elena. « Restez vigilants et restez unis. »

Le sas s'ouvrit en sifflant et l'équipage sortit sur la surface de la planète. L'air était épais et humide, empli de l'odeur d'une flore inconnue. Le sol sous leurs pieds était doux et élastique, cédant légèrement à chaque pas.

« Regardez cet endroit », dit Sarah, la voix pleine d'émerveillement. « Je n'ai jamais rien vu de pareil. »

Le Dr Raj Patel s'est agenouillé et a examiné un groupe de champignons lumineux qui émettaient une douce lumière. « Incroyable. La biodiversité ici est stupéfiante. »

Au fur et à mesure qu'ils s'éloignaient du navire, l'équipage s'imprégnait des images et des sons du nouveau monde. D'étranges créatures ressemblant à des oiseaux aux plumes irisées voletaient dans les airs, leurs cris résonnant à travers la plaine. Le ciel au-dessus était d'un bleu profond et riche, avec des volutes de nuages luminescents dérivant paresseusement.

« La gravité semble un peu plus légère ici », a observé Michael Chen, en faisant quelques essais. « Et l'atmosphère... elle est respirable, mais différente. Avec une teneur en oxygène plus élevée, peut-être. »

Elena hocha la tête, son esprit se remplissant de possibilités. « Nous allons devoir faire quelques tests, mais pour l'instant, concentrons-nous sur l'exploration de notre environnement immédiat. »

Alors qu'ils s'aventuraient plus loin, ils rencontrèrent un troupeau de grandes créatures herbivores qui broutaient les plantes bioluminescentes. Les créatures avaient un long cou fin et un corps recouvert d'une fourrure épaisse et hirsute qui brillait faiblement dans la faible lumière. Ils observaient l'équipage avec des yeux curieux et intelligents, mais ne faisaient aucun geste pour s'approcher.

« Fascinant », murmura Raj, les yeux écarquillés d'excitation. « Ces créatures... elles ne ressemblent à rien de ce que nous avons déjà vu. »

Elena leva la main, faisant signe à l'équipage de rester en retrait. « Ne les dérangeons pas. Nous devons observer et documenter tout ce que nous pouvons. »

L'équipage a passé les heures suivantes à explorer la région, à collecter des échantillons et à prendre des notes détaillées. Ils se sont émerveillés devant l'écosystème unique de la planète, notant l'équilibre complexe entre la flore et la faune. Chaque découverte a suscité de nouvelles questions, et le sentiment d'émerveillement et d'excitation a augmenté à chaque instant.

Alors que le soleil commençait à se coucher, projetant de longues ombres sur la plaine, Elena rappela l'équipage au navire. « Regroupons-nous et passons en revue nos découvertes. Nous n'avons fait qu'effleurer la surface de cet endroit, et il y a encore tellement à apprendre. »

L'équipage se rassembla autour du sas, le visage rouge d'excitation et d'impatience. Ils avaient fait leurs premiers pas sur une planète inconnue et le voyage ne faisait que commencer. Les mystères de ce nouveau monde les attendaient et ils étaient prêts à en découvrir les secrets.

Exploration

Le soleil du matin jetait une teinte dorée sur le paysage extraterrestre alors que l'équipage de l'*Odyssée* se préparait pour sa première journée complète d'exploration. La capitaine Elena Vasquez se tenait à l'entrée du navire, informant l'équipe de ses objectifs.

« Nous allons nous diviser en deux équipes pour couvrir plus de terrain », a déclaré Elena, la voix pleine d'enthousiasme. « L'équipe

A se dirigera vers le nord en direction de ces formations rocheuses. L'équipe B explorera la zone boisée à l'est. Restez en communication constante et signalez immédiatement toute découverte importante. »

Le lieutenant Sarah Thompson et le Dr Raj Patel dirigeaient l'équipe A, tandis qu'Elena et le premier officier Michael Chen prenaient en charge l'équipe B. Chaque équipe était équipée de capteurs, d'appareils de communication et de divers instruments scientifiques pour documenter leurs découvertes.

Alors que l'équipe A se déplaçait vers le nord, le paysage passa des plaines ouvertes à une série de formations rocheuses imposantes. Les rochers étaient recouverts d'une étrange mousse luminescente qui brillait doucement dans l'ombre. Sarah scruta la zone avec son capteur portable, notant les relevés énergétiques inhabituels.

« Ces formations émettent une sorte de radiation de faible intensité », a-t-elle expliqué, les sourcils froncés par la concentration. « Ce n'est pas dangereux, mais c'est certainement inhabituel. »

Raj s'agenouilla près d'un des rochers et examina la mousse. « Cette mousse semble être bioluminescente. Il pourrait s'agir d'une forme de symbiose avec les formations rocheuses, tirant peut-être de l'énergie du rayonnement. »

Tandis qu'ils documentaient leurs découvertes, un mouvement soudain attira l'attention de Sarah. Elle se retourna et vit une grande créature prédatrice se diriger vers eux, son corps élégant se fondant parfaitement dans le terrain rocheux.

« Raj, nous avons de la compagnie », murmura-t-elle, sa main se déplaçant vers son arme.

La créature émit un grognement sourd, les yeux fixés sur les intrus. Sarah et Raj reculèrent lentement, le cœur battant. Au moment où la créature s'apprêtait à bondir, un bruit fort résonna à travers les rochers, la surprenant. La créature hésita, puis se retourna et disparut dans l'ombre.

« C'était serré », dit Raj, la voix tremblante. « Nous devons être plus prudents. »

Pendant ce temps, l'équipe B se frayait un chemin à travers la forêt dense, l'air empli de l'odeur d'une flore extraterrestre. Les arbres étaient grands et fins, leurs feuilles chatoyantes d'un éclat métallique. D'étranges créatures ressemblant à des oiseaux voletaient entre les branches, leurs cris résonnant dans la forêt.

« Cet endroit est incroyable », dit Michael, les yeux écarquillés d'émerveillement. « Partout où l'on regarde, il y a quelque chose de nouveau et de fascinant. »

Elena hocha la tête, ses sens en alerte. « Continuons d'avancer. Nous devons couvrir le plus de terrain possible. »

En s'aventurant plus profondément dans la forêt, ils ont rencontré une faune et une flore variées, toutes plus étranges et plus belles les unes que les autres. Ils ont tout documenté, des fleurs bioluminescentes qui brillaient dans l'ombre aux petites créatures ressemblant à des insectes qui se précipitaient sur le sol de la forêt.

Soudain, un rugissement retentit dans les arbres, suivi du bruit de quelque chose qui s'écrasait dans les sous-bois. Elena et Michael échangèrent un regard, leurs mains se dirigeant vers leurs armes.

« Restez vigilants », dit Elena, la voix tendue. « Nous ne savons pas ce qui se passe là-bas. »

Ils se déplaçaient avec précaution, leurs yeux scrutant les alentours. Alors qu'ils s'approchaient d'une clairière, ils aperçurent une créature prédatrice massive se tenant au-dessus des restes de sa proie. La créature leva les yeux, ses yeux fixés sur les intrus.

« Recule lentement », murmura Elena, le cœur battant.

La créature les observa un moment, puis se retourna et disparut dans la forêt. Elena laissa échapper un souffle qu'elle n'avait pas réalisé qu'elle retenait.

« C'était trop près », dit Michael, la voix tremblante. « Nous devons être plus prudents. »

Les équipes se sont regroupées à bord du navire et ont partagé leurs découvertes et leurs expériences. Elles ont pu découvrir la riche biodiversité de la planète et les dangers potentiels qu'elle recelait. Mais malgré les défis, elles étaient plus déterminées que jamais à découvrir les secrets de la planète.

« Nous n'en sommes qu'au début de notre réflexion », a déclaré Elena, la voix pleine de détermination. « Il y a encore tellement de choses à découvrir, et nous ne faisons que commencer. »

Technologie extraterrestre

L'équipage de l'*Odyssée* avançait prudemment dans la forêt dense, leurs sens aiguisés par les visions étranges et merveilleuses qui les entouraient. Les plantes bioluminescentes projetaient une lueur étrange, illuminant leur chemin alors qu'ils s'aventuraient plus profondément dans l'inconnu. Le capitaine Elena Vasquez leur montrait la voie, ses yeux scrutant les environs à la recherche de signes de danger ou de découverte.

« Soyez attentifs à tout ce qui se passe d'inhabituel », ordonna Elena d'une voix ferme. « Nous devons documenter tout ce que nous pouvons. »

Alors qu'ils avançaient dans le sous-bois épais, les arbres commencèrent à s'éclaircir, révélant une clairière devant eux. Au centre de la clairière se dressaient une série de structures anciennes et extraterrestres, partiellement enfouies dans le sol. Les structures étaient faites d'un matériau qui semblait se déplacer et changer de couleur à la lumière, leurs surfaces couvertes de motifs et de symboles complexes.

« Regardez ça », a déclaré le Dr Raj Patel, la voix pleine d'admiration. « Ces structures... elles sont incroyables. »

La lieutenante Sarah Thompson s'est approchée de l'une des structures, son scanner portatif émettant un léger bip lorsqu'il a détecté de faibles niveaux d'énergie. « Il y a encore une sorte d'énergie qui circule à travers ces structures », a-t-elle déclaré. « C'est faible, mais c'est là. »

Elena s'approcha, ses yeux parcourant les motifs à la surface de la structure la plus proche. « Voyons si nous pouvons comprendre ce que c'est et comment ils fonctionnent. »

L'équipe s'est déployée, examinant les structures et collectant des échantillons. Raj et Sarah se sont concentrés sur un grand appareil circulaire qui semblait être la pièce maîtresse de la clairière. L'appareil était couvert de symboles et de glyphes, sa surface était lisse et froide au toucher.

« Cela ressemble à une sorte de panneau de contrôle », a déclaré Raj, ses doigts traçant les symboles. « Si nous parvenons à déchiffrer ces glyphes, nous pourrons peut-être l'activer. »

Sarah hocha la tête, son esprit s'emplissant de possibilités. « Commençons par tout documenter. Nous pourrons comparer ces symboles avec ceux que nous avons trouvés dans les ruines. »

Au fil de leurs travaux, l'équipage découvrit des technologies de plus en plus avancées disséminées dans la clairière. D'étranges appareils cristallins émettant un léger bourdonnement lorsqu'on les touchait. Des tiges métalliques semblaient résonner à une fréquence invisible. Chaque découverte ajoutait au sentiment croissant d'émerveillement et de mystère.

« Ces artefacts sont incroyablement avancés », a déclaré Raj, la voix teintée d'enthousiasme. « Celui qui a construit cet endroit avait une profonde compréhension de la technologie et de la manipulation de l'énergie. »

Elena regardait son équipe travailler, un sentiment de fierté grandissant en elle. Ils découvraient les secrets d'une ancienne civilisation, reconstituant le puzzle une découverte à la fois.

« Capitaine, je crois que j'ai trouvé quelque chose », cria Sarah, sa voix résonnant dans la clairière.

Elena et Raj se précipitèrent vers Sarah. Elle désigna un petit appareil rectangulaire encastré dans le sol. L'appareil était couvert de symboles, similaires à ceux du panneau de commande.

« Cela pourrait être un relais de communication », a déclaré Sarah. « Si nous parvenons à l'activer, cela pourrait nous donner plus d'informations sur le signal que nous suivons. »

Elena hocha la tête, son esprit se remplissant de possibilités. « Voyons si nous pouvons y arriver. »

Grâce à leurs connaissances et à leurs outils, l'équipage a extrait l'appareil avec précaution et a commencé à déchiffrer ses fonctions. Pendant qu'ils travaillaient, les symboles sur l'appareil ont commencé à briller et un doux bourdonnement mélodieux a rempli l'air.

« Il réagit », dit Raj, les yeux écarquillés d'excitation. « Nous nous rapprochons. »

L'appareil émettait une série d'impulsions, chacune résonnant à une fréquence différente. L'équipage était émerveillé par la façon dont les impulsions formaient un motif, une séquence de signaux qui semblaient transmettre un message.

« C'est ça », dit Elena, la voix pleine de détermination. « Cet appareil est relié au signal. Nous sommes sur la bonne voie. »

Alors que l'équipage continuait à travailler, ils ne pouvaient s'empêcher de penser qu'ils étaient sur le point de faire une découverte majeure . Cette technologie ancienne détenait la clé des secrets de la planète, et ils étaient déterminés à la découvrir.

« Nous devons continuer à avancer », a déclaré Elena, les yeux brillants de détermination. « Il y a encore tellement de choses à découvrir, et nous ne faisons que commencer. »

Grâce au relais de communication désormais actif, l'équipage savait qu'il était sur le point de découvrir les mystères de cette planète inconnue. Le voyage était loin d'être terminé et les défis à venir mettraient leur courage et leur ingéniosité à l'épreuve. Mais ils étaient prêts, unis par leur mission commune et la promesse d'une découverte.

Le signal mystérieux

L'équipage de l'*Odyssée* avait installé une base temporaire à proximité des anciennes structures extraterrestres, leur équipement étant réparti dans la clairière pendant qu'ils analysaient les données qu'ils avaient collectées. L'air était rempli d'un sentiment d'anticipation, chaque membre de l'équipe concentré sur ses tâches, impatient de découvrir les secrets du mystérieux signal.

La capitaine Elena Vasquez se tenait au centre de l'activité, ses yeux scrutant les différents écrans et affichages. « Raj, des progrès dans le déchiffrement du signal ? » demanda-t-elle, sa voix ferme mais teintée d'excitation.

Le Dr Raj Patel leva les yeux de son poste de travail, un large sourire s'étalant sur son visage. « Je crois que j'ai quelque chose, capitaine. Le signal n'est pas juste un bruit aléatoire. C'est une série de messages codés et de coordonnées. »

Le cœur d'Elena s'emballa tandis qu'elle s'approchait du poste de Raj. « Montre-moi. »

Raj a appuyé sur quelques touches et un écran holographique s'est mis en marche, montrant une série de motifs et de symboles complexes. « Ces motifs se répètent à intervalles réguliers », a-t-il expliqué. « J'ai réussi à décoder une partie du message. Il semble indiquer un endroit précis de la planète. »

Elena étudia l'écran, son esprit s'emplissant de possibilités. « Peux-tu déterminer les coordonnées exactes ? »

Raj hocha la tête, ses doigts volant sur le clavier. « Un instant... là. Les coordonnées sont à environ cinquante kilomètres à l'est de notre position actuelle. »

Elena se tourna vers le reste de l' équipage, la voix pleine de détermination. « Très bien, tout le monde. Nous avons un nouvel objectif. Nous nous dirigeons vers ces coordonnées pour découvrir où le signal nous mène. »

L'équipage a rapidement emballé son matériel et s'est préparé pour le voyage. Ils ont chargé leurs provisions sur deux véhicules tout-terrain, leurs moteurs ronronnant doucement au démarrage. Elena et Raj ont pris le véhicule de tête, tandis que le lieutenant Sarah Thompson et le premier officier Michael Chen suivaient dans le deuxième.

Au moment du départ, le paysage qui les entourait passait d'une forêt dense à des collines vallonnées, les plantes bioluminescentes projetant une lueur surnaturelle dans la lumière déclinante. Le voyage était rempli d'un sentiment d'excitation et d'anticipation, chaque membre de l'équipage étant impatient de découvrir la prochaine pièce du puzzle.

Après plusieurs heures de voyage, ils arrivèrent aux coordonnées fournies par le signal. L'endroit était une vallée cachée, entourée de falaises imposantes et remplie de structures extraterrestres plus avancées. L'air était lourd d'un sentiment presque palpable de mystère et d'histoire.

« C'est ici », dit Elena, la voix étouffée par la crainte. « C'est là où le signal nous menait. »

L'équipage débarqua de ses véhicules et commença à explorer la vallée. Les structures étaient encore plus élaborées que celles qu'ils avaient rencontrées auparavant, leurs surfaces couvertes de sculptures et de symboles complexes qui semblaient pulser d'une lumière faible et éthérée.

« Ces structures sont incroyables », dit Sarah, les yeux écarquillés d'émerveillement. « C'est comme si elles avaient été construites pour durer éternellement. »

En s'enfonçant dans la vallée, ils découvrirent une chambre centrale remplie d'une structure cristalline massive. La structure vibrait d'une douce lueur rythmique et, dans ses profondeurs, ils pouvaient voir des images et des symboles tourbillonner dans une danse envoûtante.

« Cela doit être la source du signal », dit Raj, la voix pleine d'excitation. « C'est une sorte d'appareil de communication qui transmet un message à travers les étoiles. »

Elena s'approcha de la structure cristalline, sa main tremblant légèrement alors qu'elle tendait la main pour toucher sa surface. Lorsque ses doigts entrèrent en contact, une vague d'énergie la traversa et les images à l'intérieur du cristal devinrent plus claires.

« C'est un message », dit-elle, la voix pleine d'émerveillement. « Un message d'une civilisation ancienne, qui traverse le temps et l'espace. »

L'équipage s'est rassemblé autour de lui, chaque membre ressentant sa propre connexion avec la structure cristalline. Ils étaient remplis d'un sentiment d'émerveillement et de révérence, comprenant l'ampleur de ce qu'ils avaient découvert.

Alors qu'ils se tenaient là, ils comprirent qu'ils étaient sur le point de découvrir les secrets les plus profonds de la planète. Le signal les avait conduits à cet endroit, et le voyage était loin d'être terminé. Unis par leur mission commune et la promesse d'une découverte, ils étaient prêts à poursuivre leur aventure vers l'inconnu.

Les Gardiens

La vallée cachée était baignée par la douce lueur éthérée des structures cristallines qui parsemaient le paysage. L'équipage de l'*Odyssée* se déplaçait avec précaution, leurs sens aiguisés par les visions étranges et merveilleuses qui les entouraient. La capitaine Elena Vasquez ouvrait la voie, ses yeux scrutant les environs à la recherche de signes de danger ou de découverte.

Alors qu'ils s'approchaient de la plus grande structure, un édifice massif en forme de pyramide, le sol sous leurs pieds commença à trembler. Les gravures sur la surface de la structure brillèrent de plus belle et un bourdonnement bas et résonnant emplit l'air. L'équipage échangea des regards inquiets, leurs mains se dirigeant instinctivement vers leurs armes.

Soudain, le sol devant eux s'ouvrit et un groupe de silhouettes émergea des profondeurs. Elles étaient grandes et imposantes, leurs formes humanoïdes mais clairement étrangères. Leur peau scintillait d'un éclat métallique et leurs yeux brillaient d'une lumière intense et perçante.

« Qui es-tu ? » s'écria Elena, la voix ferme malgré la tension qui régnait dans l'air. « Nous venons en paix. Nous cherchons la connaissance. »

Les silhouettes s'avancèrent, leurs mouvements gracieux et réfléchis. L'une d'elles, qui semblait être le chef, leva la main en signe de salutation. Lorsqu'elle parla, sa voix était un mélange harmonieux de tons, résonnant avec une qualité presque musicale.

« Nous sommes les Gardiens », dit le chef. « Les protecteurs du savoir et des secrets de ce lieu. Pourquoi êtes-vous venus ici, voyageurs venus des étoiles ? »

Elena inspira profondément, choisissant soigneusement ses mots. « Nous sommes des explorateurs de la Terre. Nous avons reçu un signal qui nous a conduits ici. Nous cherchons à comprendre son origine et son but. »

Les Gardiens échangèrent des regards, leurs expressions impénétrables. « Le signal dont vous parlez est un phare, un appel pour ceux qui recherchent la sagesse et l'illumination. Mais c'est aussi un test. Seuls ceux qui se montrent dignes peuvent accéder au savoir que nous gardons. »

« Quel genre de test ? » a demandé le Dr Raj Patel, sa curiosité prenant le dessus sur son appréhension.

Le chef des Gardiens fit un geste vers la pyramide. « Vous avez déjà commencé le test en résolvant les énigmes et en surmontant les défis de cet endroit. Mais il reste encore beaucoup à faire. Vous devez démontrer votre compréhension, votre compassion et votre volonté d'apprendre. »

Elena hocha la tête, résolue. « Nous sommes prêts. Nous ferons tout ce qu'il faudra pour prouver que nous en sommes dignes. »

Les Gardiens ont conduit l'équipage dans la pyramide, où ils ont dû faire face à une série d'épreuves destinées à tester leur intelligence, leur esprit d'équipe et leur intégrité morale. Chaque épreuve était plus difficile que la précédente, poussant l'équipage à ses limites.

Lors d'une épreuve, ils ont dû déchiffrer une série complexe de symboles pour déverrouiller un passage secret. Dans une autre, ils ont été confrontés à un dilemme moral, forcés de choisir entre la sécurité de leur équipage et la quête du savoir. Pendant tout ce temps, les Gardiens ont observé, leurs expressions indéchiffrables.

À la fin du procès final, le chef des Gardiens s'est avancé. « Vous avez prouvé que vous en étiez dignes », a-t-il déclaré. « Vous avez montré que vous possédez les qualités nécessaires pour accéder au savoir que nous gardons. »

Les Gardiens conduisirent l'équipage vers une chambre centrale, où se dressait une structure massive et cristalline. La structure pulsait d'une lumière douce et éthérée, et dans ses profondeurs, l'équipage pouvait voir des images et des symboles tourbillonner dans une danse envoûtante.

« C'est le cœur de la connaissance », a déclaré le chef. « Il contient la sagesse et l'histoire de notre civilisation. Vous pouvez y accéder, mais n'oubliez pas : une grande connaissance implique de grandes responsabilités. »

Elena s'avança, sa main tremblant légèrement alors qu'elle tendait la main pour toucher la surface cristalline. Lorsque ses doigts entrèrent en contact, une vague d'énergie la traversa et les images à l'intérieur du cristal devinrent plus claires. Elle eut des visions de l'ancienne civilisation, de ses réalisations et de ses luttes, de ses triomphes et de ses échecs.

L'équipage se rassembla autour de lui, chaque membre ressentant sa propre connexion avec le Cœur de la Connaissance. Ils furent remplis d'un sentiment d'émerveillement et de révérence, comprenant l'ampleur de ce qu'ils avaient découvert.

Tandis qu'ils se tenaient là, le chef des Gardiens reprit la parole : « Vous avez gagné le droit d'acquérir ce savoir. Utilisez-le à bon escient et qu'il vous guide dans votre voyage. »

Elena hocha la tête, le cœur rempli de gratitude et de détermination. « Merci. Nous honorerons votre confiance et utiliserons ces connaissances pour améliorer notre compréhension de l'univers. »

Le Cœur de la Connaissance faisant désormais partie de leur mission, l'équipage de l' *Odyssée* savait que son voyage était loin d'être terminé. Ils avaient découvert les secrets des ruines antiques, mais il leur restait encore de nombreux mystères à explorer et des défis à relever. Unis par leur objectif commun et la promesse de la découverte, ils étaient prêts à poursuivre leur aventure vers l'inconnu.

CHAPTER 6

Chapitre 6 : Ruines antiques

Arrivée
L' *Odyssée* descendit dans l'atmosphère de la planète, la coque luisante de la chaleur de la rentrée dans l'atmosphère. À l'intérieur, l'équipage regarda avec émerveillement le paysage extraterrestre se dérouler sous eux. De vastes plaines de plantes bioluminescentes s'étendaient dans toutes les directions, leur douce lueur projetant une lumière étrange et magnifique sur le terrain. D'étranges formations rocheuses jaillissaient du sol, leurs surfaces scintillant d'un éclat irisé.

La capitaine Elena Vasquez se tenait à la barre, les yeux fixés sur la vue extérieure. « Préparez-vous à l'atterrissage », ordonna-t-elle d'une voix ferme malgré l'excitation qui bouillonnait en elle.

Le lieutenant Sarah Thompson manœuvra habilement les commandes, guidant le vaisseau vers une plaine plate et dégagée. « Le train d'atterrissage est sorti », annonça-t-elle. « Atterrissage dans trois... deux... un. »

L' *Odyssée* se posa sur le sol avec un léger bruit sourd, le train d'atterrissage s'enfonçant légèrement dans la surface douce et mousseuse. L'équipage se détacha et se rassembla dans le sas, leurs visages mêlant anticipation et curiosité.

« N'oubliez pas que nous ne savons pas à quoi nous avons affaire ici », leur rappela Elena. « Restez vigilants et restez unis. »

Le sas s'ouvrit en sifflant et l'équipage sortit sur la surface de la planète. L'air était épais et humide, empli de l'odeur d'une flore inconnue. Le sol sous leurs pieds était doux et élastique, cédant légèrement à chaque pas.

« Regardez cet endroit », dit Sarah, la voix pleine d'émerveillement. « Je n'ai jamais rien vu de pareil. »

Le Dr Raj Patel s'est agenouillé et a examiné un groupe de champignons lumineux qui émettaient une douce lumière. « Incroyable. La biodiversité ici est stupéfiante. »

Au fur et à mesure qu'ils s'éloignaient du navire, l'équipage s'imprégnait des images et des sons du nouveau monde. D'étranges créatures ressemblant à des oiseaux aux plumes irisées voletaient dans les airs, leurs cris résonnant à travers la plaine. Le ciel au-dessus était d'un bleu profond et riche, avec des volutes de nuages luminescents dérivant paresseusement.

« La gravité semble un peu plus légère ici », a observé Michael Chen, en faisant quelques essais. « Et l'atmosphère... elle est respirable, mais différente. Avec une teneur en oxygène plus élevée, peut-être. »

Elena hocha la tête, son esprit se remplissant de possibilités. « Nous allons devoir faire quelques tests, mais pour l'instant, concentrons-nous sur l'exploration de notre environnement immédiat. »

Alors qu'ils s'aventuraient plus loin, ils découvrirent les premiers signes de ruines antiques. D'énormes structures de pierre, partiellement enterrées dans le sol, se profilaient au loin. Les structures étaient couvertes de sculptures et de symboles complexes qui semblaient briller faiblement dans la faible lumière.

« Ces ruines... elles ont l'air anciennes », dit Raj, la voix teintée d'excitation. « Il faut qu'on y regarde de plus près. »

L'équipage s'est dirigé prudemment vers les ruines, les yeux écarquillés d'émerveillement et de curiosité. Plus ils s'approchaient, plus ils pouvaient voir de détails. Les sculptures représentaient des scènes d'une civilisation disparue depuis longtemps, leur art à la fois magnifique et envoûtant.

« C'est incroyable », murmura Sarah, ses yeux scrutant les sculptures. « Ces ruines pourraient détenir la clé pour comprendre l'histoire de cette planète. »

Elena ressentit un frisson de découverte en passant ses doigts sur la surface lisse et fraîche de l'une des structures. C'était pour cela qu'ils étaient venus : avoir la chance de découvrir les secrets de l'univers.

« Nous allons établir un camp de base ici », dit Elena, la voix pleine de détermination. « Nous avons beaucoup de travail à faire, et ce n'est que le début. »

L'équipe s'est rapidement mise au travail, déballant son matériel et installant une base temporaire près des ruines. Ils étaient remplis d'un sentiment d'excitation et d'impatience, sachant qu'ils étaient sur le point de découvrir quelque chose de vraiment extraordinaire.

Alors que le soleil commençait à se coucher, projetant de longues ombres sur la plaine, Elena contempla le paysage extraterrestre, le cœur rempli d'émerveillement et de détermination. Ils avaient fait leurs premiers pas sur une planète inconnue, et le voyage ne faisait que commencer. Les mystères de ce nouveau monde les attendaient, et ils étaient prêts à en découvrir les secrets.

Paysages étranges

L'équipage de l'*Odyssée* quitta son camp de base, impatient d'explorer les paysages étranges et magnifiques de la planète extraterrestre. Les plantes bioluminescentes projetaient une lueur surnaturelle, illuminant leur chemin alors qu'ils s'aventuraient plus profondément dans l'inconnu. La capitaine Elena Vasquez leur montrait la voie, ses yeux scrutant les environs à la recherche de signes de danger ou de découverte.

« Restez près d'eux et gardez les yeux ouverts », ordonna Elena d'une voix ferme. « Nous devons documenter tout ce que nous pouvons. »

Alors qu'ils avançaient dans le sous-bois dense, le paysage commença à changer. D'imposantes formations rocheuses surgissaient du sol, leurs surfaces couvertes d'une mousse chatoyante et irisée. Les rochers semblaient briller d'une lumière intérieure, projetant une lueur douce et éthérée sur le terrain.

« Cet endroit est incroyable », a déclaré le lieutenant Sarah Thompson, la voix pleine d'émerveillement. « Je n'ai jamais rien vu de tel. »

Le Dr Raj Patel s'est agenouillé à côté d'un des rochers pour examiner la mousse. « Cette mousse semble être bioluminescente », a-t-il déclaré. « Il pourrait s'agir d'une forme de symbiose avec les formations rocheuses, tirant peut-être de l'énergie du rayonnement. »

Tandis qu'ils documentaient leurs découvertes, l'équipage s'émerveillait de la beauté de la planète et de sa nature surnaturelle. D'étranges créatures ressemblant à des oiseaux aux plumes irisées voletaient dans les airs, leurs cris résonnant dans le paysage. Le ciel au-dessus était d'un bleu profond et riche, avec des volutes de nuages luminescents dérivant paresseusement.

« La gravité semble un peu plus légère ici », a observé Michael Chen, en faisant quelques essais. « Et l'atmosphère... elle est respirable, mais différente. Avec une teneur en oxygène plus élevée, peut-être. »

Elena hocha la tête, son esprit se remplissant de possibilités. « Nous allons devoir faire quelques tests, mais pour l'instant, concentrons-nous sur l'exploration de notre environnement immédiat. »

Au fur et à mesure de leur progression, ils se heurtèrent à une série d'obstacles naturels. Le terrain devint plus dangereux, avec des falaises abruptes et des ravins étroits qui exigeaient une navigation prudente. La météo était imprévisible, avec des rafales de vent soudaines et des averses de pluie brèves et intenses qui laissaient le sol glissant.

« Fais attention où tu mets les pieds », prévint Elena, sa voix portant par-dessus le bruit du vent. « Nous ne voulons pas d'accident. »

Malgré les difficultés, l'équipage a persévéré, poussé par sa détermination et sa curiosité. Ils ont partagé des moments de camaraderie et d'émerveillement en explorant ensemble, leurs liens se renforçant à chaque nouvelle découverte.

« Regardez ça », dit Sarah en désignant un bouquet de fleurs lumineuses qui pulsaient d'une douce lumière. « Ces fleurs... elles ne ressemblent à rien de ce que j'ai déjà vu. »

Raj s'agenouilla à côté des fleurs, les yeux écarquillés d'excitation. « Incroyable. La biodiversité ici est stupéfiante. »

Au cours de leur exploration, l'équipage a rencontré des choses encore plus étranges et merveilleuses. Des fleurs géantes et translucides émettant un doux bourdonnement mélodieux. Des arbres à l'écorce scintillante comme du métal. De petites créatures ressemblant à des insectes volaient dans les airs, laissant des traînées de lumière dans leur sillage.

« Cette planète est pleine de surprises », dit Michael, la voix pleine d'admiration. « Partout où l'on regarde, il y a quelque chose de nouveau et de fascinant. »

Elena sourit, fière de son équipe. « Nous ne faisons que commencer », dit-elle. « Il y a encore tellement de choses à découvrir. »

Alors que le soleil commençait à se coucher, projetant de longues ombres sur le paysage, l'équipage regagnait le camp de base. Ils étaient fatigués mais euphoriques, l'esprit bourdonnant des découvertes de la journée.

« Nous n'avons fait qu'effleurer la surface », a déclaré Elena, la voix pleine de détermination. « Il y a encore tellement à apprendre, et nous ne faisons que commencer. »

L'équipage s'est réuni autour du feu de camp, partageant des histoires et des rires tout en examinant leurs découvertes. Ils étaient unis par leur mission commune et la promesse d'une découverte, prêts à affronter tous les défis qui les attendaient. Le voyage était loin d'être terminé et les mystères des ruines antiques les attendaient. Mais pour l'instant, ils se contentaient de se prélasser dans l'éclat de leurs nouvelles connaissances, sachant qu'ils faisaient partie de quelque chose de vraiment extraordinaire.

Technologie extraterrestre

L'équipage de l'*Odyssée* s'est aventuré plus profondément dans le paysage extraterrestre, leur enthousiasme grandissant à chaque nouvelle découverte. Les plantes bioluminescentes et les étranges formations rocheuses ont laissé place à une zone plus ouverte, où le sol était jonché de vestiges d'une technologie ancienne. La vue des machines et des sources d'énergie avancées les a remplis d'admiration et de curiosité.

La capitaine Elena Vasquez a ouvert la marche, ses yeux scrutant les alentours à la recherche de signes de danger ou de découverte. « Restez près et gardez les yeux ouverts », a-t-elle ordonné d'une voix ferme. « Nous devons documenter tout ce que nous pouvons. »

Le Dr Raj Patel s'est agenouillé à côté d'un grand appareil circulaire partiellement enterré dans le sol. L'appareil était fait d'un matériau métallique scintillant et couvert de symboles et de glyphes complexes. « Cela ressemble à une sorte de panneau de contrôle », a-t-il dit, la voix teintée d'excitation. « Si nous parvenons à déchiffrer ces glyphes, nous pourrons peut-être l'activer. »

Le lieutenant Sarah Thompson a rejoint Raj, son scanner portatif émettant un léger bip lorsqu'il a détecté de faibles niveaux d'énergie. « Il y a encore une sorte d'énergie qui circule à travers ça », a-t-elle dit. « C'est faible, mais c'est là. »

Elena regardait son équipe travailler, un sentiment de fierté grandissant en elle. Ils découvraient les secrets d'une ancienne civilisation, reconstituant le puzzle une découverte à la fois. « Voyons si nous pouvons comprendre ce que sont ces choses et comment elles fonctionnent », dit-elle.

L'équipage s'est dispersé, examinant les différents éléments technologiques disséminés dans la zone. Ils ont trouvé d'étranges appareils cristallins qui émettaient un léger bourdonnement lorsqu'on les touchait, des tiges métalliques qui semblaient résonner avec une fréquence invisible et d'autres machines avancées qui défiaient toute explication.

« Cette technologie est incroyablement avancée », a déclaré Raj, les yeux écarquillés d'émerveillement. « Celui qui a construit cet endroit avait une connaissance approfondie de la manipulation et de l'ingénierie énergétiques. »

Sarah hocha la tête, son esprit s'emplissant de possibilités. « Commençons par tout documenter. Nous pourrons comparer ces symboles avec ceux que nous avons trouvés dans les ruines. »

Pendant qu'ils travaillaient, les membres de l'équipage ont spéculé sur la civilisation qui avait créé cette technologie et sur les utilisations possibles de ces appareils. « Ces artefacts auraient pu être utilisés pour la communication, la production d'énergie ou même le transport », a suggéré Michael Chen. « Les possibilités sont infinies. »

Elena sentit un frisson de découverte lui monter aux doigts lorsqu'elle passa ses doigts sur la surface lisse et froide de l'un des appareils. C'était pour cela qu'ils étaient venus : découvrir les secrets de l'univers. « Voyons si nous pouvons faire fonctionner l'un de ces appareils », dit-elle.

Grâce à leurs connaissances et à leurs outils, l'équipage a manipulé avec soin le panneau de commande, alignant les symboles dans le bon ordre. Lorsque le dernier symbole s'est mis en place, l'appareil a commencé à bourdonner, émettant une douce lueur pulsée.

« Il réagit », dit Raj, la voix pleine d'enthousiasme. « Nous nous rapprochons. »

L'appareil émettait une série d'impulsions, chacune résonnant à une fréquence différente. L'équipage était émerveillé par la façon dont les impulsions formaient un motif, une séquence de signaux qui semblaient transmettre un message.

« C'est ça », dit Elena, la voix pleine de détermination. « Cet appareil est relié au signal. Nous sommes sur la bonne voie. »

Alors que l'équipage continuait à travailler, ils ne pouvaient s'empêcher de penser qu'ils étaient sur le point de faire une découverte majeure. Cette technologie ancienne détenait la clé des secrets de la planète, et ils étaient déterminés à la découvrir.

« Nous devons continuer à avancer », a déclaré Elena, les yeux brillants de détermination. « Il y a encore tellement de choses à découvrir, et nous ne faisons que commencer. »

Le panneau de contrôle étant désormais activé, l'équipage savait qu'il était sur le point de découvrir les mystères de cette planète inconnue. Le voyage était loin d'être terminé et les défis à venir mettraient leur courage et leur ingéniosité à l'épreuve. Mais ils étaient prêts, unis par leur mission commune et la promesse d'une découverte.

Découvrir des indices

L'équipage de l' *Odyssée* s'enfonça plus profondément dans les ruines antiques, leur enthousiasme grandissant à chaque nouvelle découverte. L'air était chargé d'une odeur de terre et de pierre, et la faible lueur de la mousse bioluminescente projetait des ombres inquiétantes sur les murs. Le capitaine Elena Vasquez ouvrit la voie, sa lampe de poche perçant l'obscurité tandis qu'ils parcouraient les couloirs labyrinthiques.

« Restez près d'eux et gardez les yeux ouverts », ordonna Elena d'une voix ferme. « Nous devons documenter tout ce que nous pouvons. »

Le Dr Raj Patel s'agenouilla devant une série de gravures complexes sur le mur, les yeux écarquillés d'émerveillement. « Ces inscriptions... racontent une histoire », dit-il, la voix teintée d'excitation. « L'histoire d'une civilisation autrefois grande. »

Le lieutenant Sarah Thompson a rejoint Raj, son scanner portatif émettant un léger bip tandis qu'il enregistrait les gravures. « Ces symboles correspondent à ceux que nous avons trouvés sur la technologie extraterrestre », a-t-elle déclaré. « Ils doivent être connectés. »

Au fur et à mesure qu'ils avançaient dans les ruines, l'équipage découvrait de nouveaux indices sur l'ancienne civilisation qui habitait autrefois la planète. Ils ont trouvé des artefacts et des reliques, chacun offrant un aperçu de la vie des gens qui avaient construit cet endroit. D'étranges dispositifs cristallins qui émettaient un léger bourdonnement lorsqu'ils étaient touchés. Des tiges métalliques qui semblaient résonner avec une fréquence invisible. Chaque découverte ajoutait au sentiment croissant d'émerveillement et de mystère.

« Cette civilisation était incroyablement avancée », a déclaré Raj, la voix pleine d'admiration. « Leur compréhension de la technologie et de la manipulation de l'énergie dépassait de loin tout ce que nous avions vu auparavant. »

Elena sentit un frisson de découverte lui monter aux yeux lorsqu'elle passa ses doigts sur la surface lisse et fraîche de l'un des objets. C'était pour cela qu'ils étaient venus : découvrir les secrets de l'univers. « Voyons si nous pouvons reconstituer leur histoire », dit-elle.

L'équipe a travaillé ensemble, en combinant leurs connaissances et leurs compétences pour déchiffrer les inscriptions et comprendre les artefacts. Ils ont reconstitué l'histoire de la civilisation, en comprenant son ascension et son déclin. Les gens qui avaient construit cet endroit étaient autrefois une société prospère, leurs réalisations et leurs progrès sans précédent. Mais quelque chose s'était produit – une catastrophe ou un conflit – qui avait conduit à leur chute.

« Ces inscriptions évoquent un grand désastre », dit Raj, les sourcils froncés de concentration. « Un événement cataclysmique qui a mis fin à leur civilisation. »

Sarah hocha la tête, son esprit se bousculant dans toutes les possibilités. « Nous devons découvrir ce qui a provoqué ce phénomène. Cela pourrait nous permettre de comprendre le signal et la raison d'être de cet endroit. »

Au fur et à mesure qu'ils s'enfonçaient dans les ruines, l'équipage a rencontré une série d'énigmes et de mystères qu'il fallait résoudre pour progresser. Chaque énigme nécessitait une combinaison de logique, d'intuition et de travail d'équipe pour être résolue, et à chaque succès, ils se sentaient un peu plus près de découvrir la vérité.

« Ces énigmes sont comme un test », a déclaré Michael Chen, la voix pleine de détermination. « Un moyen de s'assurer que seuls ceux qui en sont dignes peuvent accéder aux secrets les plus profonds des ruines. »

Elena hocha la tête, résolue. « Nous devons continuer à avancer. Il y a encore tellement de choses à découvrir, et nous ne faisons que commencer. »

Alors qu'ils résolvaient l'énigme finale, une porte cachée s'ouvrit, révélant une vaste salle remplie de statues imposantes et de technologies extraterrestres. L'air était chargé d'un sentiment presque palpable d'histoire et de mystère.

« Ce doit être le cœur des ruines », dit Raj, la voix étouffée par la crainte. « L'endroit où sont conservés les secrets les plus importants. »

L'équipage pénétra prudemment dans la chambre, les yeux écarquillés d'émerveillement. Ils étaient remplis d'un sentiment de crainte et de révérence, comprenant l'ampleur de ce qu'ils avaient découvert. Le voyage était loin d'être terminé et les défis à venir mettraient leur courage et leur ingéniosité à l'épreuve. Mais ils étaient prêts, unis par leur mission commune et la promesse d'une découverte.

Les gardiens des ruines

La vaste salle était remplie d'un sentiment presque palpable d'histoire et de mystère. L'équipage de l'*Odyssée* se déplaçait avec précaution, leurs lampes de poche projetant de longues ombres sur les statues imposantes et la technologie extraterrestre qui les entouraient. Le capitaine Elena Vasquez ouvrait la voie, ses yeux scrutant les environs à la recherche de signes de danger ou de découverte.

Alors qu'ils s'aventuraient plus profondément dans la chambre, le sol sous leurs pieds commença à trembler. Les gravures sur les murs brillaient de plus belle et un bourdonnement sourd et résonnant emplissait l'air. L'équipage échangeait des regards inquiets, leurs mains se dirigeant instinctivement vers leurs armes.

Soudain, un groupe de silhouettes émergea de l'ombre, leurs formes étaient grandes et imposantes. Elles avaient une forme humanoïde, mais leurs traits étaient clairement étrangers. Leur peau brillait d'un éclat métallique et leurs yeux brillaient d'une lumière intense et perçante.

« Qui es-tu ? » s'écria Elena, la voix ferme malgré la tension qui régnait dans l'air. « Nous venons en paix. Nous cherchons la connaissance. »

Les silhouettes s'avancèrent, leurs mouvements gracieux et réfléchis. L'une d'elles, qui semblait être le chef, leva la main en signe de salutation. Lorsqu'elle parla, sa voix était un mélange harmonieux de tons, résonnant avec une qualité presque musicale.

« Nous sommes les Gardiens », dit le chef. « Les protecteurs du savoir et des secrets de ce lieu. Pourquoi êtes-vous venus ici, voyageurs venus des étoiles ? »

Elena inspira profondément, choisissant soigneusement ses mots. « Nous sommes des explorateurs de la Terre. Nous avons reçu un signal qui nous a conduits ici. Nous cherchons à comprendre son origine et son but. »

Les Gardiens échangèrent des regards, leurs expressions impénétrables. « Le signal dont vous parlez est un phare, un appel pour ceux qui recherchent la sagesse et l'illumination. Mais c'est aussi un test. Seuls ceux qui se montrent dignes peuvent accéder au savoir que nous gardons. »

« Quel genre de test ? » a demandé le Dr Raj Patel, sa curiosité prenant le dessus sur son appréhension.

Le chef des Gardiens fit un geste vers la salle. « Vous avez déjà commencé le test en résolvant les énigmes et en surmontant les défis de cet endroit. Mais il reste encore beaucoup à faire. Vous devez démontrer votre compréhension, votre compassion et votre volonté d'apprendre. »

Elena hocha la tête, résolue. « Nous sommes prêts. Nous ferons tout ce qu'il faudra pour prouver que nous en sommes dignes. »

Les Gardiens ont conduit l'équipage plus profondément dans la salle, où ils ont dû faire face à une série d'épreuves conçues pour tester leur intelligence, leur esprit d'équipe et leur intégrité morale.

Chaque épreuve était plus difficile que la précédente, poussant l'équipage à ses limites.

Lors d'une épreuve, ils ont dû déchiffrer une série complexe de symboles pour déverrouiller un passage secret. Dans une autre, ils ont été confrontés à un dilemme moral, forcés de choisir entre la sécurité de leur équipage et la quête du savoir. Pendant tout ce temps, les Gardiens ont observé, leurs expressions indéchiffrables.

À la fin du procès final, le chef des Gardiens s'est avancé. « Vous avez prouvé que vous en étiez dignes », a-t-il déclaré. « Vous avez montré que vous possédez les qualités nécessaires pour accéder au savoir que nous gardons. »

Les Gardiens conduisirent l'équipage vers une chambre centrale, où se dressait une structure massive et cristalline. La structure pulsait d'une lumière douce et éthérée, et dans ses profondeurs, l'équipage pouvait voir des images et des symboles tourbillonner dans une danse envoûtante.

« C'est le cœur de la connaissance », a déclaré le chef. « Il contient la sagesse et l'histoire de notre civilisation. Vous pouvez y accéder, mais n'oubliez pas : une grande connaissance implique de grandes responsabilités. »

Elena s'avança, sa main tremblant légèrement alors qu'elle tendait la main pour toucher la surface cristalline. Lorsque ses doigts entrèrent en contact, une vague d'énergie la traversa et les images à l'intérieur du cristal devinrent plus claires. Elle eut des visions de l'ancienne civilisation, de ses réalisations et de ses luttes, de ses triomphes et de ses échecs.

L'équipage se rassembla autour de lui, chaque membre ressentant sa propre connexion avec le Cœur de la Connaissance. Ils furent remplis d'un sentiment d'émerveillement et de révérence, comprenant l'ampleur de ce qu'ils avaient découvert.

Tandis qu'ils se tenaient là, le chef des Gardiens reprit la parole : « Vous avez gagné le droit d'acquérir ce savoir. Utilisez-le à bon escient et qu'il vous guide dans votre voyage. »

Elena hocha la tête, le cœur rempli de gratitude et de détermination. « Merci. Nous honorerons votre confiance et utiliserons ces connaissances pour améliorer notre compréhension de l'univers. »

Le Cœur de la Connaissance faisant désormais partie de leur mission, l'équipage de l' *Odyssée* savait que son voyage était loin d'être terminé. Ils avaient découvert les secrets des ruines antiques, mais il leur restait encore de nombreux mystères à explorer et des défis à relever. Unis par leur objectif commun et la promesse de la découverte, ils étaient prêts à poursuivre leur aventure vers l'inconnu.

CHAPTER 7

Chapitre 7 : Les Gardiens

Premier contact

Le cœur des ruines antiques était une vaste salle résonnante, remplie d'un sens presque palpable de l'histoire. L'équipage de l'Odyssée *se* déplaçait avec précaution, leurs lampes de poche projetant de longues ombres sur les statues imposantes et la technologie extraterrestre qui les entouraient. Le capitaine Elena Vasquez ouvrait la voie, ses yeux scrutant les environs à la recherche de tout signe de danger ou de découverte.

Alors qu'ils s'aventuraient plus profondément dans la chambre, le sol sous leurs pieds commença à trembler. Les gravures sur les murs brillaient de plus belle et un bourdonnement sourd et résonnant emplissait l'air. L'équipage échangeait des regards inquiets, leurs mains se dirigeant instinctivement vers leurs armes.

Soudain, un groupe de silhouettes émergea de l'ombre, leurs formes étaient grandes et imposantes. Elles avaient une forme humanoïde, mais leurs traits étaient clairement étrangers. Leur peau brillait d'un éclat métallique et leurs yeux brillaient d'une lumière intense et perçante.

« Qui es-tu ? » s'écria Elena, la voix ferme malgré la tension qui régnait dans l'air. « Nous venons en paix. Nous cherchons la connaissance. »

Les silhouettes s'avancèrent, leurs mouvements gracieux et réfléchis. L'une d'elles, qui semblait être le chef, leva la main en signe de salutation. Lorsqu'elle parla, sa voix était un mélange harmonieux de tons, résonnant avec une qualité presque musicale.

« Nous sommes les Gardiens », dit le chef. « Les protecteurs du savoir et des secrets de ce lieu. Pourquoi êtes-vous venus ici, voyageurs venus des étoiles ? »

Elena inspira profondément, choisissant soigneusement ses mots. « Nous sommes des explorateurs de la Terre. Nous avons reçu un signal qui nous a conduits ici. Nous cherchons à comprendre son origine et son but. »

Les Gardiens échangèrent des regards, leurs expressions impénétrables. « Le signal dont vous parlez est un phare, un appel pour ceux qui recherchent la sagesse et l'illumination. Mais c'est aussi un test. Seuls ceux qui se montrent dignes peuvent accéder au savoir que nous gardons. »

« Quel genre de test ? » a demandé le Dr Raj Patel, sa curiosité prenant le dessus sur son appréhension.

Le chef des Gardiens fit un geste vers la salle. « Vous avez déjà commencé le test en résolvant les énigmes et en surmontant les défis de cet endroit. Mais il reste encore beaucoup à faire. Vous devez démontrer votre compréhension, votre compassion et votre volonté d'apprendre. »

Elena hocha la tête, résolue. « Nous sommes prêts. Nous ferons tout ce qu'il faudra pour prouver que nous en sommes dignes. »

Les Gardiens ont conduit l'équipage plus profondément dans la salle, où ils ont dû faire face à une série d'épreuves conçues pour tester leur intelligence, leur esprit d'équipe et leur intégrité morale. Chaque épreuve était plus difficile que la précédente, poussant l'équipage à ses limites.

Lors d'une épreuve, ils ont dû déchiffrer une série complexe de symboles pour déverrouiller un passage secret. Dans une autre, ils ont été confrontés à un dilemme moral, forcés de choisir entre la sécurité de leur équipage et la quête du savoir. Pendant tout ce temps, les Gardiens ont observé, leurs expressions indéchiffrables.

À la fin du procès final, le chef des Gardiens s'est avancé. « Vous avez prouvé que vous en étiez dignes », a-t-il déclaré. « Vous avez montré que vous possédez les qualités nécessaires pour accéder au savoir que nous gardons. »

Les Gardiens conduisirent l'équipage vers une chambre centrale, où se dressait une structure massive et cristalline. La structure pulsait d'une lumière douce et éthérée, et dans ses profondeurs, l'équipage pouvait voir des images et des symboles tourbillonner dans une danse envoûtante.

« C'est le cœur de la connaissance », a déclaré le chef. « Il contient la sagesse et l'histoire de notre civilisation. Vous pouvez y accéder, mais n'oubliez pas : une grande connaissance implique de grandes responsabilités. »

Elena s'avança, sa main tremblant légèrement alors qu'elle tendait la main pour toucher la surface cristalline. Lorsque ses doigts entrèrent en contact, une vague d'énergie la traversa et les images à l'intérieur du cristal devinrent plus claires. Elle eut des visions de l'ancienne civilisation, de ses réalisations et de ses luttes, de ses triomphes et de ses échecs.

L'équipage se rassembla autour de lui, chaque membre ressentant sa propre connexion avec le Cœur de la Connaissance. Ils furent remplis d'un sentiment d'émerveillement et de révérence, comprenant l'ampleur de ce qu'ils avaient découvert.

Tandis qu'ils se tenaient là, le chef des Gardiens reprit la parole : « Vous avez gagné le droit d'acquérir ce savoir. Utilisez-le à bon escient et qu'il vous guide dans votre voyage. »

Elena hocha la tête, le cœur rempli de gratitude et de détermination. « Merci. Nous honorerons votre confiance et utiliserons ces connaissances pour améliorer notre compréhension de l'univers. »

Le Cœur de la Connaissance faisant désormais partie de leur mission, l'équipage de l' *Odyssée* savait que son voyage était loin d'être terminé. Ils avaient découvert les secrets des ruines antiques, mais il leur restait encore de nombreux mystères à explorer et des défis à relever. Unis par leur objectif commun et la promesse de la découverte, ils étaient prêts à poursuivre leur aventure vers l'inconnu.

Comprendre les gardiens

L'équipage de l' *Odyssée* a passé les jours suivants au cœur des ruines antiques, à en apprendre davantage sur les Gardiens et leur mission. Les Gardiens, grands et imposants avec leur éclat métallique et leurs yeux brillants, étaient à la fois impressionnants et énigmatiques. Malgré leur appréhension initiale, l'équipage s'est senti attiré par ces êtres sensibles, désireux de comprendre leur culture et leur histoire.

Le capitaine Elena Vasquez se tenait aux côtés du chef des Gardiens, un être qui s'était présenté comme Elysar . Ils se trouvaient dans une vaste salle remplie d'écrans holographiques et d'artefacts anciens, chacun témoignant de la civilisation avancée qui avait autrefois prospéré ici.

« Elysar , peux-tu nous en dire plus sur ton peuple ? » demanda Elena, la voix emplie d'une véritable curiosité.

d'Elysar brillèrent encore plus lorsqu'il commença à parler. « Nous sommes les derniers vestiges d'une civilisation autrefois grande. Nos ancêtres ont construit ces ruines et la technologie que vous voyez autour de vous. Nous étions une société vouée à la connaissance, à l'exploration et à l'illumination. »

Le Dr Raj Patel écoutait attentivement, son esprit se bousculant de questions. « Qu'est-il arrivé à votre civilisation ? Comment a-t-elle péri ? »

d'Elysar devint sombre. « Une grande catastrophe nous est arrivée. Un événement cosmique d'une puissance inimaginable. Notre monde a été déchiré et seuls quelques-uns d'entre nous ont survécu. Nous sommes devenus les Gardiens, chargés de protéger le savoir et les secrets de notre peuple. »

Tandis qu'Elysar parlait, l'équipage commença à comprendre l'importance de sa mission. Ils n'étaient pas seulement des explorateurs, ils étaient les porteurs d'un héritage millénaire. Les Gardiens attendaient quelqu'un digne de percer les secrets les plus profonds des ruines, et l'équipage de l'*Odyssée* avait répondu à cet appel.

La lieutenante Sarah Thompson s'est approchée d'un écran holographique montrant des scènes de l'ancienne civilisation. « Ces images... elles montrent votre peuple à son apogée. La technologie, la culture... c'est incroyable. »

Elysar hocha la tête. « Oui, nous avons accompli de grandes choses. Mais une grande connaissance implique de grandes responsabilités. C'est pourquoi nous attendons ceux qui sont dignes de poursuivre notre héritage. »

L'équipage a passé des heures avec les Gardiens, à partager des histoires et des expériences. Ils ont trouvé un terrain d'entente dans leur amour de l'exploration et leur désir de comprendre l'univers. Les Gardiens, autrefois considérés comme imposants et mystérieux, sont devenus des alliés et des amis.

Un soir, alors que l'équipage se rassemblait autour d'un feu de camp dans les ruines, Elysar les rejoignit. La lumière du feu se reflétait sur sa peau métallique, projetant une lueur chaleureuse. « Vous avez fait preuve d'un grand courage et d'une grande détermination

», dit Elysar. « Nous pensons que vous méritez le savoir que nous gardons. »

Elena ressentit un élan de fierté et de gratitude. « Merci, Elysar. Nous honorerons ta confiance et utiliserons ces connaissances pour améliorer notre compréhension de l'univers. »

Au fil de la nuit, l'équipage et les Gardiens ont continué à partager leurs histoires. Ils ont parlé de leurs espoirs et de leurs rêves, de leurs peurs et de leurs défis. Le lien entre eux s'est renforcé, unis par leur objectif commun et la promesse de la découverte.

Le lendemain matin, Elysar conduisit l'équipage dans une chambre cachée au plus profond des ruines. La pièce était remplie de parchemins anciens, d'enregistrements holographiques et de technologies avancées. « C'est le dépositaire de notre savoir », dit Elysar . « Vous pouvez y accéder, mais n'oubliez pas : une grande connaissance implique de grandes responsabilités. »

Elena hocha la tête, le cœur empli de détermination. « Nous comprenons. Nous utiliserons ces connaissances à bon escient. »

Sous la direction des Gardiens, l'équipage commença à explorer le dépôt, découvrant les secrets de l'ancienne civilisation. Ils en apprirent davantage sur les réalisations et les luttes des personnes qui avaient construit cet endroit, ainsi que sur l'événement catastrophique qui avait conduit à leur chute.

Au fur et à mesure qu'ils approfondissaient leurs connaissances, ils se rendaient compte de l'impact potentiel que cela pouvait avoir sur leur propre civilisation. Le voyage était loin d'être terminé et les défis à venir mettraient leur courage et leur ingéniosité à l'épreuve. Mais ils étaient prêts, unis par leur mission commune et la promesse d'une découverte.

Le test de la valeur

Les Gardiens conduisirent l'équipage de l'*Odyssée* dans une partie isolée des ruines, où l'air était chargé d'une sensation d'anticipation presque tangible. La pièce était vaste et faiblement éclairée, avec des sculptures complexes recouvrant les murs et d'étranges symboles extraterrestres brillant faiblement dans l'obscurité. Au centre de la pièce se trouvait une série de mécanismes et d'énigmes élaborés, chacun plus complexe que le précédent.

La capitaine Elena Vasquez se tenait au premier plan, ses yeux scrutant la pièce. « Ce doit être le test », dit-elle d'une voix ferme. « Nous devons prouver que nous sommes dignes d'accéder aux secrets les plus profonds des ruines. »

Elysar , le chef des Gardiens, s'avança. « Ces épreuves mettront à l'épreuve votre intelligence, votre esprit d'équipe et votre intégrité morale. Seuls ceux qui font preuve d'une véritable compréhension et d'une réelle compassion réussiront. »

Le Dr Raj Patel ressentait un mélange d'excitation et d'appréhension. « Nous sommes prêts », a-t-il déclaré, la voix pleine de détermination. « Allons-y. »

La première épreuve consistait en un casse-tête complexe qui demandait à l'équipage de déchiffrer une série de symboles et de les aligner dans le bon ordre. Raj et le lieutenant Sarah Thompson travaillaient ensemble, leurs esprits s'emballant tandis qu'ils analysaient les schémas et essayaient de donner un sens aux symboles.

« Ces symboles correspondent à ceux que nous avons trouvés plus tôt », a déclaré Sarah, ses doigts traçant les gravures complexes. « Si nous parvenons à les aligner correctement, cela devrait déverrouiller la prochaine étape du procès. »

Raj hocha la tête, les sourcils froncés de concentration. « Commençons par ceux qui ont la même fréquence. Ils semblent être la clé. »

Pendant qu'ils travaillaient, le reste de l'équipe leur apportait son soutien, leurs suggestions et leurs idées. L'énigme était difficile, mais leurs efforts combinés et leur travail d'équipe ont porté leurs fruits.

Avec un dernier clic, les symboles se sont alignés et le mécanisme a pris vie, révélant un passage caché.

« Bien joué, dit Elysar, une note d'approbation dans la voix. Mais les épreuves sont loin d'être terminées. »

L'épreuve suivante a mis à l'épreuve leurs capacités physiques et leur esprit d'équipe. L'équipage a dû surmonter une série d'obstacles, notamment des passages étroits, des terrains dangereux et des pièges cachés. La capitaine Elena Vasquez a ouvert la voie, son instinct et son leadership les guidant à travers les défis.

« Fais attention où tu mets les pieds », prévint Elena d'une voix ferme. « Nous devons avancer avec précaution et rester groupés. »

Le copilote Michael Chen a pris la relève, utilisant ses sens aiguisés et ses réflexes rapides pour repérer les dangers potentiels. « Il y a un piège ici », a-t-il dit, en désignant une partie du sol qui semblait légèrement différente. « Nous devons l'éviter. »

L'équipage avançait avec prudence, la confiance mutuelle se renforçant à chaque pas. Ils ont dû faire face à des moments de tension et de danger, mais leur détermination et leur travail d'équipe leur ont permis de tenir le coup. Au moment où ils arrivèrent à la fin de l'épreuve, ils étaient épuisés mais triomphants.

L'épreuve finale a mis à l'épreuve leur intégrité morale. L'équipage s'est retrouvé face à un dilemme : il devait choisir entre sauver une vie simulée et accéder à des connaissances précieuses. La décision pesait lourd sur leurs épaules, mais ils savaient ce qu'ils devaient faire.

« Nous ne pouvons pas sacrifier une vie pour la connaissance », dit Elena d'une voix ferme. « Nous devons trouver une autre voie. »

L'équipage a travaillé ensemble pour trouver une solution, en utilisant leur ingéniosité et leur compassion pour traverser l'épreuve. Leur choix de donner la priorité à la vie plutôt qu'à la connaissance leur a valu le respect et la confiance des Gardiens.

« Vous avez prouvé que vous en étiez dignes », dit Elysar, la voix pleine d'approbation. « Vous avez montré que vous possédiez les qualités nécessaires pour accéder au savoir que nous gardons. »

L'équipage ressentit un élan de fierté et de soulagement. Ils avaient affronté les épreuves et en étaient sortis victorieux, leur lien étant plus fort que jamais. Avec les conseils des Gardiens, ils étaient prêts à percer les secrets les plus profonds des ruines et à poursuivre leur voyage de découverte. Les défis à venir mettraient leur courage et leur ingéniosité à l'épreuve, mais ils étaient prêts, unis par leur mission commune et la promesse du savoir.

Déverrouiller les secrets

Les épreuves terminées, l'équipage de l'*Odyssée* se tenait à l'entrée de la partie la plus profonde des ruines antiques. Les Gardiens, désormais leurs alliés, ouvraient la voie, leurs yeux brillants illuminant le chemin devant eux. L'air était lourd d'impatience, chaque pas les rapprochant du cœur du savoir de l'ancienne civilisation.

La capitaine Elena Vasquez ressentait un mélange d'excitation et de responsabilité. « Restez à proximité et soyez prêts à tout », ordonna-t-elle d'une voix ferme. « Nous sommes sur le point de découvrir quelque chose d'extraordinaire. »

Les Gardiens les guidèrent à travers une série de couloirs sinueux, tous plus élaborés les uns que les autres. Les murs étaient ornés de sculptures et de symboles complexes, racontant l'histoire d'une civilisation qui avait autrefois prospéré ici. L'équipage s'émerveillait de l'art et du savoir-faire, leurs esprits se bousculant de questions sur les gens qui avaient construit cet endroit.

Finalement, ils atteignirent une porte massive, dont la surface était couverte de glyphes lumineux. Elysar, le chef des Gardiens, s'avança et posa sa main sur la porte. Les glyphes pulsèrent de lumière et la porte s'ouvrit lentement, révélant une vaste salle remplie de technologie ancienne et de documents historiques.

« C'est le dépositaire de notre savoir », dit Elysar, la voix emplie de révérence. « Ici, vous trouverez la sagesse et l'histoire de notre civilisation. »

Le Dr Raj Patel a ressenti une vague d'excitation en entrant dans la chambre. « C'est incroyable », a-t-il déclaré, les yeux écarquillés d'émerveillement. « Il y a tellement de choses à apprendre. »

L'équipage s'est dispersé, chaque membre étant dirigé vers différentes parties de la chambre. Le lieutenant Sarah Thompson a examiné une série d'appareils cristallins qui émettaient un léger bourdonnement lorsqu'on les touchait. « Ces appareils... semblent stocker des informations », a-t-elle déclaré. « Nous devons trouver comment y accéder. »

Le copilote Michael Chen s'est approché d'un écran holographique montrant des scènes de l'ancienne civilisation. « Regardez ça », a-t-il dit, la voix pleine d'admiration. « Ces images... elles racontent l'histoire de leurs accomplissements et de leurs luttes. »

Elena a rejoint Michael, ses yeux scrutant les images holographiques. « Nous devons tout documenter », a-t-elle déclaré. « Ces connaissances pourraient avoir un impact profond sur notre propre civilisation. »

Au cours de leurs travaux, les membres de l'équipage ont découvert de vastes réserves de connaissances, notamment des technologies de pointe et des documents historiques. Ils ont appris des choses sur les réalisations de l'ancienne civilisation dans les domaines de la science, de l'art et de la philosophie. Ils ont découvert les secrets de leurs sources d'énergie avancées et de leur compréhension du cosmos.

Mais ils ont également appris les difficultés de la civilisation et son déclin final. Les archives parlaient d'une grande catastrophe, d'un événement cosmique qui avait mis fin à leur société. L'équipage a ressenti un profond sentiment d'empathie et de respect pour les gens qui ont construit cet endroit, comprenant le poids de leur héritage.

« Ce savoir est un cadeau », a déclaré Raj, la voix pleine de gratitude. « Nous avons la responsabilité de l'utiliser à bon escient. »

Elena hocha la tête, le cœur rempli de détermination. « Nous honorerons leur héritage », dit-elle. « Nous utiliserons ces connaissances pour améliorer notre compréhension de l'univers et pour aider notre propre civilisation. »

En poursuivant leur exploration de la chambre, les membres de l'équipage ont pris conscience de l'impact potentiel des connaissances qu'ils avaient découvertes. La technologie avancée et les documents historiques pourraient révolutionner leur compréhension de la science, de l'énergie et du cosmos. Mais ces connaissances impliquaient de grandes responsabilités, et ils savaient qu'ils devaient les utiliser à bon escient.

Les Gardiens regardaient l'équipage travailler, leurs expressions emplies d'approbation et de respect. « Vous avez prouvé que vous en étiez dignes », dit Elysar . « Vous avez montré que vous possédiez les qualités nécessaires pour accéder aux connaissances que nous gardons. »

Elena ressentit un profond sentiment de fierté et de gratitude. « Merci, Elysar », dit-elle. « Nous honorerons ta confiance et utiliserons ces connaissances pour améliorer notre compréhension de l'univers. »

Les secrets des ruines antiques faisant désormais partie de leur mission, l'équipage de l' *Odyssée* savait que son voyage était loin d'être terminé. Ils avaient découvert la sagesse et l'histoire d'une civilisation autrefois glorieuse, mais il restait encore de nombreux mystères à explorer et des défis à relever. Unis par leur objectif commun et la promesse de la découverte, ils étaient prêts à poursuivre leur aventure vers l'inconnu.

Une nouvelle alliance

La pièce était emplie d'une douce lueur éthérée alors que l'équipage de l' *Odyssée* se rassemblait avec les Gardiens. L'air était chargé d'un sentiment d'accomplissement et de respect mutuel. La capitaine Elena Vasquez se tenait au premier plan, son cœur gonflé de fierté et de gratitude. Ils avaient dévoilé les secrets des ruines antiques, et il était maintenant temps de forger une nouvelle voie.

Elysar , le chef des Gardiens, s'avança, ses yeux brillants reflétant la lumière des structures cristallines qui les entouraient. « Vous avez prouvé que vous en étiez dignes », dit-il, sa voix résonnant dans un mélange harmonieux de tons. « Vous avez montré que vous possédiez les qualités nécessaires pour accéder au savoir que nous gardons. »

Elena hocha la tête, la voix pleine de détermination. « Merci, Elysar . Nous honorerons ta confiance et utiliserons ces connaissances pour améliorer notre compréhension de l'univers. »

L'équipage et les Gardiens se sont rassemblés, unis par leur objectif commun et la promesse de découvertes. Ils ont discuté de la manière d'utiliser les connaissances nouvellement acquises au profit de leurs deux civilisations. Les Gardiens ont partagé leurs connaissances sur la technologie de pointe et les archives historiques, tandis que l'équipage a offert sa propre expertise et ses perspectives.

Le Dr Raj Patel a ressenti une vague d'enthousiasme en parlant avec l'un des Gardiens des sources d'énergie anciennes . « Cette technologie pourrait révolutionner notre compréhension de l'énergie », a-t-il déclaré, les yeux écarquillés d'émerveillement. « Nous pourrions l'utiliser pour développer de nouvelles solutions énergétiques durables pour notre propre civilisation. »

Le lieutenant Sarah Thompson hocha la tête en signe d'accord. « Et les documents historiques... ils pourraient fournir des informations précieuses sur l'ascension et le déclin des civilisations. Nous pouvons tirer des leçons de leurs succès et éviter leurs erreurs. »

Elysar écoutait attentivement, son expression emplie d'approbation. « Tu as le potentiel pour accomplir de grandes choses », dit-il. « Mais n'oublie pas qu'une grande connaissance implique de grandes responsabilités. Fais-en bon usage. »

Au fil des discussions, le lien entre l'équipage et les Gardiens s'est renforcé. Ils ont partagé des histoires et des expériences, trouvant un terrain d'entente dans leur amour de l'exploration et leur désir de comprendre l'univers. Les Gardiens, autrefois considérés comme imposants et mystérieux, sont devenus des alliés et des amis.

Un soir, alors que l'équipage s'apprêtait à quitter la planète, Elysar s'approcha d'Elena. « Vous avez gagné notre confiance et notre respect, lui dit-il. Nous espérons que nos connaissances vous guideront dans votre voyage et vous aideront à atteindre vos objectifs. »

Elena ressentit un profond sentiment de gratitude et de détermination. « Merci, Elysar . Nous honorerons ton héritage et utiliserons ces connaissances pour améliorer notre compréhension de l'univers. »

L'équipage s'est rassemblé dans le sas, le cœur rempli d'un mélange d'excitation et d'impatience. Ils avaient découvert les secrets des ruines antiques, mais leur voyage était loin d'être terminé. Il restait encore de nombreux mystères à explorer et de nombreux défis à relever.

Alors qu'ils s'apprêtaient à partir, Elysar leva la main en signe d'adieu. « Que votre voyage soit rempli de découvertes et d'illuminations », disait-elle. « Et que notre savoir vous guide sur votre chemin. »

Elena hocha la tête, la voix pleine de détermination. « Nous reviendrons », dit-elle. « Et nous poursuivrons notre collaboration avec les Gardiens. Ensemble, nous pouvons accomplir de grandes choses. »

Après un dernier salut, l'équipage embarqua à bord de l'*Odyssée* et se prépara au décollage. Les moteurs ronronnèrent et le vaisseau s'éleva du sol pour s'élever dans le ciel. En quittant la planète, l'équipage ressentit un sentiment renouvelé de détermination et de détermination.

Ils avaient forgé une nouvelle alliance avec les Gardiens, unis par leurs objectifs communs et leur respect mutuel. Les connaissances qu'ils avaient découvertes les guideraient dans leur voyage et les aideraient à atteindre leurs objectifs. Les défis à venir mettraient leur courage et leur ingéniosité à l'épreuve, mais ils étaient prêts, unis par leur mission commune et la promesse d'une découverte.

Alors que l'*Odyssée* s'élevait vers les étoiles, l'équipage se réjouissait des aventures qui l'attendaient. Ils étaient des explorateurs, des pionniers à la frontière de la connaissance humaine, et leur voyage ne faisait que commencer. L'univers était vaste et rempli de mystères, et ils étaient prêts à en découvrir les secrets.

CHAPTER 8

Chapitre 8 : La chambre cachée

Découverte de la Chambre
L'équipage de l'*Odyssée* continua son exploration des ruines antiques, guidé par les Gardiens. L'air était chargé d'impatience, chaque pas résonnant dans les vastes couloirs silencieux. La capitaine Elena Vasquez montra le chemin, sa lampe de poche perçant l'obscurité et révélant les sculptures complexes qui ornaient les murs.

« Restez vigilants », ordonna Elena d'une voix ferme. « Nous ne savons pas ce que nous pourrions trouver. »

Le Dr Raj Patel marchait à ses côtés, ses yeux scrutant les environs avec un mélange d'excitation et de curiosité. « Ces ruines sont incroyables », dit-il, la voix remplie d'admiration. « À chaque coin de rue, il y a quelque chose de nouveau à découvrir. »

Alors qu'ils s'aventuraient plus profondément dans les ruines, les Gardiens les guidèrent vers une section qui semblait épargnée par le temps. Les murs étaient couverts de sculptures encore plus élaborées, représentant des scènes d'une civilisation autrefois grande. L'équipage s'émerveillait de l'art et du savoir-faire, leurs esprits se bousculant de questions sur les gens qui avaient construit cet endroit.

Soudain, la lampe de poche du lieutenant Sarah Thompson capta une lueur inhabituelle. « Capitaine, par ici », cria-t-elle, sa voix résonnant dans le couloir.

Elena et Raj se précipitèrent vers Sarah. Elle désigna une partie du mur qui semblait différente du reste. Les sculptures étaient plus complexes et il y avait un léger contour de porte.

« Cela ressemble à un passage secret », dit Sarah, les yeux écarquillés d'excitation. « Nous devrions y jeter un œil. »

Elena hocha la tête, le cœur battant d'impatience. « Voyons si nous pouvons l'ouvrir. »

Sous la direction des Gardiens, l'équipage examina attentivement la porte. Ils trouvèrent une série de symboles qui semblaient former un puzzle. Raj et Sarah travaillèrent ensemble, leurs esprits s'emballant alors qu'ils essayaient de déchiffrer les symboles et de déverrouiller le passage.

« Ces symboles correspondent à ceux que nous avons trouvés plus tôt », a déclaré Raj, ses doigts traçant les gravures complexes. « Si nous parvenons à les aligner correctement, cela devrait ouvrir la porte. »

Sarah hocha la tête, les sourcils froncés de concentration. « Commençons par ceux qui ont la même fréquence. Ils semblent être la clé. »

Pendant qu'ils travaillaient, le reste de l'équipe leur apportait son soutien, leurs suggestions et leurs idées. L'énigme était difficile, mais leurs efforts combinés et leur travail d'équipe ont porté leurs fruits. Avec un dernier clic, les symboles se sont alignés et la porte cachée s'est lentement ouverte, révélant un passage sombre au-delà.

« Bien joué », dit Elena, une pointe de fierté dans la voix. « Voyons ce qu'il y a à l'intérieur. »

L'équipage naviguait prudemment dans le passage, leurs lampes de poche révélant d'anciens artefacts et inscriptions qui bordaient les murs. L'air était frais et calme, empli de l'odeur de la terre et de la pierre. Chaque pas les rapprochait du cœur de la chambre cachée.

En entrant dans la pièce, leurs lampes de poche éclairèrent une vaste pièce remplie d'objets et d'inscriptions anciens. Au centre de la pièce se trouvait un grand et mystérieux appareil, dont la surface était couverte de motifs complexes et de symboles lumineux.

« C'est incroyable », murmura Raj, les yeux écarquillés d'émerveillement. « Nous avons trouvé quelque chose de vraiment extraordinaire. »

Elena ressentit un élan d'excitation et de responsabilité. « Documentons tout et voyons si nous pouvons découvrir de quoi il s'agit. »

L'équipage s'est dispersé, examinant les artefacts et les inscriptions, leurs esprits bouillonnant d'idées. Ils avaient découvert une chambre cachée remplie des secrets d'une ancienne civilisation, et ils étaient déterminés à percer ses mystères.

Au fur et à mesure de leur travail, leur impatience grandissait. Ils savaient qu'ils étaient sur le point de faire une découverte majeure, qui pourrait changer leur compréhension de l'univers. Unis par leur mission commune et la promesse de la connaissance, ils étaient prêts à affronter tous les défis qui les attendaient.

L'appareil mystérieux
La chambre secrète était vaste et emplie d'une lumière étrange et surnaturelle qui semblait émaner des murs eux-mêmes. L'équipage de l'*Odyssée* se déplaçait avec précaution, leurs lampes de poche projetant de longues ombres sur les anciens artefacts et inscriptions qui les entouraient. Au centre de la chambre se trouvait un grand appareil mystérieux, dont la surface était couverte de motifs complexes et de symboles lumineux.

La capitaine Elena Vasquez s'approcha de l'appareil, le cœur battant d'excitation et de curiosité. « C'est incroyable », dit-elle d'une voix à peine plus forte qu'un murmure. « Nous avons trouvé quelque chose de vraiment extraordinaire. »

Le Dr Raj Patel la rejoignit, les yeux écarquillés d'émerveillement tandis qu'il examinait l'appareil. « Le savoir-faire est étonnant », dit-il en passant ses doigts sur la surface lisse et fraîche. « Cette technologie dépasse de loin tout ce que nous avons vu auparavant. »

La lieutenante Sarah Thompson a examiné l'appareil avec son capteur portatif, notant les faibles valeurs d'énergie qu'il émettait. « Il y a encore une sorte d'énergie qui le traverse », a-t-elle déclaré. « C'est faible, mais elle est là. »

Elena hocha la tête, son esprit se remplissant de possibilités. « Voyons si nous pouvons comprendre ce qu'est cet appareil et comment il fonctionne. »

L'équipe s'est déployée et a examiné l'appareil sous tous les angles. Ils ont documenté chaque détail, pris des notes et des photos pour s'assurer que rien n'avait été oublié. L'appareil était massif, avec une série de composants interconnectés qui semblaient former un réseau complexe de circuits et de conduits.

« Cela ressemble à une sorte de panneau de contrôle », a déclaré Raj, en désignant une partie de l'appareil couverte de symboles et de glyphes. « Si nous parvenons à les déchiffrer, nous pourrons peut-être l'activer. »

Sarah hocha la tête, les sourcils froncés de concentration. « Commençons par tout documenter. Nous pourrons comparer ces symboles avec ceux que nous avons trouvés plus tôt. »

Pendant qu'ils travaillaient, les membres de l'équipe se sont interrogés sur l'utilité de l'appareil et son lien avec la civilisation antique . « Il pourrait s'agir d'un appareil de communication », a suggéré Michael Chen. « Ou peut-être d'une source d'énergie pour l'ensemble du complexe. »

Elena sentit un frisson de découverte en passant ses doigts sur les gravures complexes. « Quoi que ce soit, c'est important. Nous devons trouver comment l'activer. »

Grâce à leurs connaissances et à leurs outils, l'équipage a manipulé avec soin le panneau de commande, alignant les symboles dans le bon ordre. Lorsque le dernier symbole s'est mis en place, l'appareil a commencé à bourdonner, émettant une douce lueur pulsée.

« Il réagit », dit Raj, la voix pleine d'enthousiasme. « Nous nous rapprochons. »

L'appareil émettait une série d'impulsions, chacune résonnant à une fréquence différente. L'équipage était émerveillé par la façon dont les impulsions formaient un motif, une séquence de signaux qui semblaient transmettre un message.

« C'est ça », dit Elena, la voix pleine de détermination. « Cet appareil est relié au signal. Nous sommes sur la bonne voie. »

Alors que l'appareil continuait à bourdonner et à briller, il commença à projeter des images et des données holographiques dans les airs. L'équipage regarda avec stupeur les scènes de l'histoire de l'ancienne civilisation se dérouler devant eux. Ils virent des images des gens qui avaient construit les ruines, de leurs réalisations et de leurs luttes, ainsi que de l'événement catastrophique qui avait conduit à leur chute.

« C'est incroyable », murmura Sarah, les yeux écarquillés d'émerveillement. « Nous voyons leur histoire, leur histoire. »

L'équipage a été profondément ému par ces révélations, ressentant un lien avec les gens qui avaient vécu là autrefois. Ils ont compris le poids des connaissances qu'ils avaient découvertes et la responsabilité qui en découlait.

« Nous devons tout documenter », a déclaré Elena, la voix pleine de détermination. « Ces connaissances sont un don, et nous avons la responsabilité de les utiliser à bon escient. »

Alors qu'ils continuaient à explorer la chambre secrète, l'équipage savait qu'ils étaient sur le point de faire une découverte majeure. L'appareil détenait la clé pour comprendre l'ancienne civilisation et le signal qui les avait conduits ici. Unis par leur mission commune et la promesse d'une découverte, ils étaient prêts à affronter tous les défis qui les attendaient.

Dévoiler les secrets

L'appareil mystérieux au centre de la chambre secrète émettait un bourdonnement doux et rythmé, projetant une lueur éthérée sur les anciens artefacts et inscriptions qui l'entouraient. L'équipage de l'*Odyssée* était émerveillé, les yeux fixés sur les images et données holographiques que l'appareil projetait dans les airs.

La capitaine Elena Vasquez a ressenti un élan d'excitation et de responsabilité en regardant les scènes se dérouler. « C'est incroyable », a-t-elle dit, la voix pleine d'émerveillement. « Nous sommes témoins de leur histoire, de leur récit. »

Les yeux du Dr Raj Patel étaient écarquillés d'étonnement alors qu'il étudiait les images holographiques. « Ces projections... sont comme une fenêtre sur le passé », a-t-il déclaré. « Nous pouvons en apprendre beaucoup. »

Les images montraient des scènes de l'ancienne civilisation à son apogée, mettant en valeur ses réalisations scientifiques, artistiques et technologiques. L'équipage a vu des villes animées remplies de structures imposantes, de systèmes de transport avancés et de marchés animés. Ils se sont émerveillés de l'ingéniosité et de la créativité de la civilisation, ressentant un profond sentiment de connexion avec les gens qui ont construit ce lieu.

La lieutenante Sarah Thompson a montré une série de symboles qui accompagnaient les images. « Ces symboles... semblent être une forme de langage écrit », a-t-elle déclaré. « Si nous parvenons à les déchiffrer, nous pourrons peut-être en savoir plus sur leur culture et leur histoire. »

Le copilote Michael Chen a hoché la tête en signe d'accord. « Documentons tout », a-t-il dit. « Nous devons nous assurer de capturer tous les détails. »

Tandis qu'ils continuaient à observer, les images holographiques se sont déplacées, révélant des scènes des luttes et des défis de la civilisation. Ils ont vu des images de catastrophes naturelles, de conflits politiques et de bouleversements sociaux. L'équipage a ressenti une profonde empathie pour les personnes qui ont fait face à ces difficultés, comprenant la résilience et la détermination qui les ont poussés à surmonter l'adversité.

« Cette civilisation était incroyablement avancée », a déclaré Raj, la voix pleine d'admiration. « Mais ils ont dû faire face aux mêmes défis que nous. Nous avons beaucoup à apprendre de leurs expériences. »

Les images se sont alors déplacées vers une scène d'événement catastrophique, une catastrophe cosmique qui a mis fin à la civilisation . L'équipage a regardé dans un silence stupéfait les projections holographiques décrivant la dévastation et les pertes qui ont suivi. L'air était lourd d'un sentiment de tristesse et de révérence, chaque membre de l'équipage ressentant le poids de la connaissance qu'il avait découverte.

Elena sentit une boule se former dans sa gorge tandis qu'elle observait les scènes de destruction. « C'est pour cela que les Gardiens attendaient », dit-elle doucement. « Ils voulaient s'assurer que le savoir de leur civilisation soit préservé et utilisé à bon escient. »

L'équipage a été profondément ému par ces révélations, ressentant un lien profond avec les gens qui avaient vécu là-bas. Ils ont compris l'importance des connaissances qu'ils avaient découvertes et la responsabilité qui en découlait.

« Nous devons honorer leur héritage », a déclaré Sarah, la voix pleine de détermination. « Nous avons la responsabilité d'utiliser ces connaissances pour améliorer notre compréhension de l'univers et pour aider notre propre civilisation. »

Elena hocha la tête, le cœur rempli de détermination. « Nous le ferons », dit-elle. « Nous veillerons à ce que leur histoire soit racontée et à ce que leurs connaissances soient utilisées à bon escient. »

Alors qu'ils continuaient à explorer la chambre secrète, l'équipage savait qu'ils étaient sur le point de faire une découverte majeure. L'appareil détenait la clé pour comprendre l'ancienne civilisation et le signal qui les avait conduits ici. Unis par leur mission commune et la promesse d'une découverte, ils étaient prêts à affronter tous les défis qui les attendaient.

Le voyage était loin d'être terminé et les défis à venir allaient mettre leur courage et leur ingéniosité à l'épreuve. Mais ils étaient prêts, unis par leur objectif commun et la promesse du savoir. Les secrets de la chambre cachée avaient été révélés et l'équipage de l'*Odyssée* était déterminé à honorer l'héritage de l'ancienne civilisation et à utiliser ses connaissances pour forger un avenir meilleur.

L'avertissement du Guardian

La chambre secrète était emplie d'une douce lueur éthérée tandis que le mystérieux appareil continuait de bourdonner et de projeter des images holographiques. L'équipage de l'*Odyssée* était stupéfait, leurs esprits s'emballant avec les implications des connaissances qu'ils avaient découvertes. Les Gardiens, grands et imposants avec leur éclat métallique et leurs yeux brillants, regardaient en silence, leurs expressions impénétrables.

La capitaine Elena Vasquez a ressenti un profond sentiment de responsabilité en assimilant ces révélations. « Ces informations sont incroyables », a-t-elle déclaré, la voix pleine d'émerveillement. « Mais nous devons faire attention à la façon dont nous les utilisons. »

Elysar, le chef des Gardiens, s'avança, les yeux plus brillants encore. « Vous avez raison, capitaine », dit-il, sa voix résonnant dans un mélange harmonieux de tons. « Le savoir contenu dans cette chambre est puissant, mais il comporte également de grands risques. »

Le Dr Raj Patel leva les yeux de ses notes, les sourcils froncés d'inquiétude. « Quels types de risques ? » demanda-t-il.

Elysar fit un geste vers les images holographiques qui représentaient l'événement catastrophique qui avait conduit à la chute de l'ancienne civilisation. « La technologie et les connaissances avancées que vous avez découvertes peuvent être une arme à double tranchant », expliquait-il. « Si elles sont mal utilisées, elles peuvent conduire à la destruction et au chaos, tout comme cela a été le cas pour notre peuple. »

La lieutenante Sarah Thompson sentit un frisson lui parcourir le dos en écoutant les paroles d'Elysar. « Nous devons nous assurer de ne pas répéter leurs erreurs », dit-elle, la voix pleine de détermination.

Le copilote Michael Chen a acquiescé. « Nous avons la responsabilité d'utiliser ces connaissances à bon escient », a-t-il déclaré. « Nous ne pouvons pas les laisser tomber entre de mauvaises mains. »

Elena sentit une bouffée de détermination lui monter aux yeux lorsqu'elle regarda son équipage. « Nous devons discuter de la manière de gérer ces informations », dit-elle. « Nous devons trouver un équilibre entre la quête du savoir et la responsabilité de l'utiliser pour le bien commun. »

L'équipage s'est rassemblé autour de l' appareil, le visage grave, alors qu'ils réfléchissaient aux implications de leurs découvertes. Ils savaient que les connaissances qu'ils avaient découvertes pourraient révolutionner leur compréhension de la science, de l'énergie et du cosmos, mais qu'elles pouvaient aussi être très néfastes.

« Nous devons être prudents », a déclaré Raj, la voix pensive. « Nous devons partager ces connaissances avec nos dirigeants et nos scientifiques, mais nous devons également veiller à ce qu'elles soient utilisées de manière responsable. »

Sarah hocha la tête, l'air résolu. « Nous devons établir des lignes directrices et des mesures de protection pour empêcher toute utilisation abusive », dit-elle. « Nous ne pouvons pas laisser ces connaissances être utilisées à des fins destructrices. »

Elena ressentait une profonde fierté pour son équipage alors qu'ils discutaient de leurs options. Ils étaient unis par leur objectif commun et leur engagement à utiliser leurs connaissances à bon escient. « Nous honorerons l'héritage de l'ancienne civilisation », a-t-elle déclaré. « Nous utiliserons ces connaissances pour améliorer notre compréhension de l'univers et pour aider notre propre civilisation. »

Elysar les regarda avec approbation, son expression emplie de respect. « Vous avez fait preuve d'une grande sagesse et d'une grande intégrité », dit-il. « Nous sommes convaincus que vous utiliserez ces connaissances pour le bien commun. »

Alors que l'équipage continuait à discuter de ses plans, il ressentait un regain de détermination et de détermination. Ils savaient que le voyage à venir serait rempli de défis, mais ils étaient prêts à les affronter ensemble. Unis par leur mission commune et la promesse de découvertes, ils étaient déterminés à honorer l'héritage de l'ancienne civilisation et à utiliser leurs connaissances pour forger un avenir meilleur.

L'avertissement des Gardiens leur avait donné une nouvelle perspective et ils étaient déterminés à utiliser les connaissances qu'ils avaient découvertes de manière responsable. Le voyage était loin d'être terminé et les défis à venir mettraient leur courage et leur ingéniosité à l'épreuve. Mais ils étaient prêts, unis par leur objectif commun et la promesse du savoir. Les secrets de la chambre cachée avaient été révélés et l'équipage de l' *Odyssée* était déterminé à honorer l'héritage de l'ancienne civilisation et à utiliser ses connaissances pour forger un avenir meilleur.

Préparation du départ

La chambre secrète était emplie d'une douce lueur éthérée tandis que l'équipage de l' *Odyssée* effectuait ses derniers préparatifs pour partir. L'air était chargé d'un sentiment d'accomplissement et de réflexion. La capitaine Elena Vasquez se tenait au centre de l'activité, son cœur gonflé de fierté et de gratitude. Ils avaient percé les secrets des ruines antiques, et il était maintenant temps de forger une nouvelle voie.

Le Dr Raj Patel a soigneusement emballé les derniers objets anciens qu'ils avaient répertoriés, son esprit encore en ébullition grâce aux connaissances qu'ils avaient découvertes. « Ce fut un voyage incroyable », a-t-il déclaré, la voix pleine d'admiration. « Nous avons appris tellement de choses. »

La lieutenante Sarah Thompson hocha la tête en signe d'accord tout en récupérant l'équipement. « Et il reste encore beaucoup à découvrir », a-t-elle déclaré. « Mais nous devons nous assurer d'utiliser ces connaissances à bon escient. »

Le premier officier Michael Chen s'approcha d'Elena, l'air pensif. « Capitaine, les Gardiens ont été des alliés inestimables », dit-il. « Nous devons nous assurer de maintenir cette relation. »

Elena hocha la tête, ses yeux scrutant la salle une dernière fois. « Absolument », dit-elle. « Leurs conseils ont été cruciaux, et nous leur devons beaucoup. »

Elysar , le chef des Gardiens, s'avança, ses yeux brillants reflétant la lumière des structures cristallines qui les entouraient. « Vous avez prouvé que vous en étiez dignes », dit-il, sa voix résonnant dans un mélange harmonieux de tons. « Nous sommes convaincus que vous utiliserez ces connaissances pour le bien commun. »

Elena ressentit un profond sentiment de gratitude et de détermination. « Merci, Elysar », dit-elle. « Nous honorerons ton héritage et utiliserons ces connaissances pour améliorer notre compréhension de l'univers. »

L'équipage s'est rassemblé dans le sas, le cœur rempli d'un mélange d'excitation et d'impatience. Ils avaient découvert les secrets des ruines antiques, mais leur voyage était loin d'être terminé. Il restait encore de nombreux mystères à explorer et de nombreux défis à relever.

Alors qu'ils s'apprêtaient à partir, Elysar leva la main en signe d'adieu. « Que votre voyage soit rempli de découvertes et d'illuminations », disait-elle. « Et que notre savoir vous guide sur votre chemin. »

Elena hocha la tête, la voix pleine de détermination. « Nous reviendrons », dit-elle. « Et nous poursuivrons notre collaboration avec les Gardiens. Ensemble, nous pouvons accomplir de grandes choses. »

Après un dernier salut, l'équipage embarqua à bord de l'*Odyssée* et se prépara au décollage. Les moteurs ronronnèrent et le vaisseau s'éleva du sol pour s'élever dans le ciel. En quittant la planète, l'équipage ressentit un sentiment renouvelé de détermination et de détermination.

Ils avaient forgé une nouvelle alliance avec les Gardiens, unis par leurs objectifs communs et leur respect mutuel. Les connaissances qu'ils avaient découvertes les guideraient dans leur voyage et les aideraient à atteindre leurs objectifs. Les défis à venir mettraient leur courage et leur ingéniosité à l'épreuve, mais ils étaient prêts, unis par leur mission commune et la promesse d'une découverte.

Alors que l'*Odyssée* s'élevait vers les étoiles, l'équipage se réjouissait des aventures qui l'attendaient. Ils étaient des explorateurs, des pionniers à la frontière de la connaissance humaine, et leur voyage ne faisait que commencer. L'univers était vaste et rempli de mystères, et ils étaient prêts à en découvrir les secrets.

Elena se tenait à la barre, les yeux fixés sur les étoiles devant elle. « Nous avons parcouru un long chemin », dit-elle, la voix pleine de fierté. « Mais ce n'est que le début. Il y a encore tellement de choses à découvrir. »

Raj, Sarah et Michael la rejoignirent, leurs visages reflétant le même sentiment d'excitation et de détermination. « À la prochaine aventure », dit Raj, levant la main en signe de camaraderie.

« Vers la prochaine aventure », a répété l'équipage, la voix remplie d'espoir et de détermination.

L'*Odyssée* a poursuivi son voyage à travers les étoiles, son équipage uni par un objectif commun et la promesse d'une découverte. Les secrets de la chambre cachée avaient été révélés et l'équipage était déterminé à honorer l'héritage de l'ancienne civilisation et à utiliser ses connaissances pour forger un avenir meilleur. L'univers l'attendait et ils étaient prêts à découvrir ses mystères.

CHAPTER 9

Chapitre 9 : La clé cosmique

La Découverte

L' *Odyssée* dérivait silencieusement dans l'immensité de l'espace, sa coque élancée reflétant la lumière lointaine des étoiles. À l'intérieur, l'équipage était en effervescence. La capitaine Elena Rodriguez se tenait à la barre, les yeux fixés sur l'écran qui affichait un curieux objet flottant dans le vide.

« Capitaine, nous approchons des coordonnées », dit le lieutenant Harris, ses doigts dansant sur le panneau de contrôle. « Objet en vue. »

Elena hocha la tête, le regard fixé sur elle. « Agrandis-la. »

L'écran zooma et révéla un objet métallique, de la taille d'un petit satellite. Il ne ressemblait à rien de ce qu'ils avaient déjà vu : un réseau complexe de matériaux inconnus, scintillant d'une lueur surnaturelle.

« Scanne-le », ordonna Elena.

Les capteurs du vaisseau bourdonnèrent, baignant l'objet dans une cascade de flux de données. Le Dr Anika Patel, la scientifique en chef du vaisseau, se pencha sur sa console, les sourcils froncés de concentration.

« Les premiers résultats indiquent qu'il est composé d'un alliage inconnu », a indiqué Anika. « Aucun signe de vie, mais il émet une faible signature énergétique. »

La curiosité d'Elena fut piquée au vif. « Est-ce qu'on peut l'emmener à bord ? »

« Affirmatif », répondit Anika. « C'est assez stable pour être transporté. »

« Fais-le », ordonna Elena.

L'équipage a regardé en silence les bras robotisés du vaisseau s'étendre, saisissant soigneusement l'objet et le guidant dans la soute. Une fois sécurisé, Elena et son équipe se sont dirigés vers la soute, impatients d'examiner leur découverte.

L'objet reposait sur la table d'examen, sa surface étincelant sous la lumière crue. Elena passa ses doigts sur les motifs complexes gravés dans le métal, ressentant un étrange sentiment de crainte.

« Qu'est-ce que c'est, selon vous ? » demanda le lieutenant Harris, la voix teintée d'excitation.

Elena secoua la tête. « Je ne sais pas, mais j'ai le sentiment que c'est important. »

Anika activa son scanner portable et le balaya au-dessus de l'objet. « La signature énergétique est faible mais cohérente. C'est presque comme si elle... attendait quelque chose. »

« En attendant quoi ? » demanda Harris.

« C'est le mystère », répondit Anika. « Mais quoi qu'il en soit, cela dépasse notre compréhension actuelle. »

L'esprit d'Elena s'emballa avec toutes les possibilités. La galaxie était pleine de merveilles et de dangers, et cet objet pouvait être l'un ou l'autre. Ou les deux.

« Nous devons découvrir ce que c'est et ce que ça fait », dit Elena d'une voix résolue. « Cela pourrait être la clé de quelque chose d'incroyable – ou de catastrophique. »

Alors que l'équipage poursuivait son examen, un sentiment d'urgence s'est emparé d'eux. L'objet était une énigme, et ils étaient déterminés à la résoudre. Ils ne savaient pas que leur découverte les mettrait sur une voie qui changerait le cours de leur voyage – et de leur vie – à jamais.

L' *Odyssée* poursuivait sa route, emportant son énigmatique cargaison et les espoirs de son équipage dans les profondeurs inexplorées de l'espace. Le voyage avait véritablement commencé.

L'analyse

La soute de l' *Odyssée* bourdonnait d'activité tandis que l'équipage se rassemblait autour de la table d'examen. L'objet mystérieux, désormais appelé « la clé », se trouvait au centre, ses motifs complexes et sa faible lueur captivant tout le monde.

Le Dr Anika Patel ajusta ses lunettes et activa l'écran holographique au-dessus de la table. « Commençons l'analyse », dit-elle d'une voix ferme et déterminée.

La capitaine Elena Rodriguez hocha la tête. « Allez-y, docteur Patel. »

Les doigts d'Anika dansaient sur les commandes, déclenchant une série de balayages. L'écran holographique projetait une image tridimensionnelle de la clé, tournant lentement pour révéler sa structure complexe. L'équipage regardait avec émerveillement les couches de données se dérouler sous leurs yeux.

« La clé est composée d'un alliage que nous n'avions jamais rencontré auparavant », explique Anika. « Il est incroyablement dense, mais léger. Sa structure moléculaire ne ressemble à rien de ce que l'on trouve dans notre base de données. »

Le lieutenant Harris se pencha plus près, sa curiosité piquée au vif. « Et la signature énergétique ? »

Anika a ajusté l'affichage pour mettre en évidence les faibles valeurs d'énergie. « Il émet un signal basse fréquence, presque comme un battement de cœur. Il est constant mais très faible. »

Elena fronça les sourcils. « Est-ce qu'on peut l'amplifier ? »

Anika secoua la tête. « Pas sans risquer d'endommager la clé. Nous devons en savoir plus sur sa composition et sa fonction avant de tenter quelque chose de radical. »

La capitaine hocha la tête, son esprit s'emplissant de possibilités. « Et les motifs et les symboles ? Pouvons-nous les déchiffrer ? »

Anika a fait un gros plan sur les gravures complexes qui ornaient la surface de la clé. « Je les ai analysées dans notre base de données linguistiques, mais elles ne correspondent pas. Ces symboles me sont complètement étrangers. »

Les yeux d'Elena se plissèrent tandis qu'elle étudiait la projection holographique. « Nous devons faire appel à un expert. Quelqu'un qui puisse nous aider à décoder cela. »

« Je suis d'accord », a déclaré Anika. « Mais en attendant, nous devons poursuivre notre analyse. Il pourrait y avoir d'autres indices cachés dans la structure de la clé. »

L'équipe a passé des heures à examiner la clé, en utilisant tous les outils et technologies à sa disposition. Ils ont scanné, sondé et analysé, chaque découverte ajoutant une nouvelle dimension à l'énigme.

« C'est presque comme si la clé était un puzzle », a déclaré Anika. « Chaque élément de données que nous découvrons mène à de nouvelles questions. »

Elena hocha la tête. « Et nous devons résoudre ce problème. Cette clé pourrait être la réponse à quelque chose de bien plus grand que ce que nous pouvons imaginer. »

Au fil des heures, la détermination de l'équipage n'a fait que se renforcer. Ils étaient unis dans leur quête pour percer les secrets de la clé cosmique, poussés par un sens du devoir et par la curiosité.

Dans les moments de silence entre les scans, Elena se retrouva à fixer la clé, se demandant quelle était son origine et son but. Quels secrets détenait-elle ? Quel pouvoir possédait-elle ? Et surtout, quel rôle jouerait-elle dans leur voyage ?

L'*Odyssée* a poursuivi son voyage à travers les étoiles, emportant avec elle les espoirs et les rêves de son équipage. La clé était un mystère, mais c'était aussi un phare, un symbole de l'inconnu et de la promesse de la découverte.

Et alors qu'ils approfondissaient ses secrets, ils savaient que leur voyage ne faisait que commencer.

La traduction

La salle de conférence de *l'Odyssée* était en pleine effervescence alors que l'équipage se rassemblait autour de la table centrale. Des écrans holographiques scintillaient avec des images de la clé cosmique, ses symboles complexes agrandis et projetés avec des détails époustouflants. Le capitaine Elena Rodriguez se tenait à la tête de la table, son expression exprimant une détermination concentrée.

« Nous avons besoin de réponses », dit Elena, sa voix coupant court au bavardage. « Docteur Patel, des progrès concernant les symboles ? »

Le Dr Anika Patel secoua la tête. « Nous les avons passés en revue dans toutes les bases de données connues, mais il n'y a aucune correspondance. Ces symboles sont complètement étrangers. »

Elena soupira, sa frustration évidente. « Nous avons besoin d'un point de vue nouveau. Quelqu'un qui se spécialise dans les langues anciennes et la cryptographie. »

— Je connais peut-être quelqu'un, intervint le lieutenant Harris. Le Dr Evelyn Carter. C'est une linguiste et cryptographe renommée. Si quelqu'un peut résoudre ce problème, c'est bien elle.

Elena hocha la tête. « Mettez-la sur un canal sécurisé. Nous avons besoin de son expertise. »

Quelques minutes plus tard, l'écran holographique s'est allumé, révélant l'image du Dr Evelyn Carter. Son regard perçant et son attitude confiante ont immédiatement imposé le respect.

« Capitaine Rodriguez, c'est un plaisir », a déclaré le Dr Carter, d'une voix claire et professionnelle. « Le lieutenant Harris m'a informé de votre situation. Voyons à quoi nous avons affaire. »

Anika a transmis les données au Dr Carter, qui a étudié attentivement les symboles. « Fascinant », a-t-elle murmuré. « Ces symboles ne ressemblent à rien de ce que j'ai vu, mais ils partagent certaines similitudes structurelles avec les langues anciennes de la Terre. »

« Peux-tu les traduire ? » demanda Elena, d'un ton plein d'espoir.

Le Dr Carter hocha lentement la tête. « Cela prendra du temps, mais je crois que je peux en déchiffrer au moins une partie. Commençons par les symboles les plus importants. »

Pendant que le Dr Carter travaillait, l'équipage regardait avec impatience. Les heures passaient et la tension dans la salle devenait palpable. Finalement, le Dr Carter leva les yeux, ses yeux brillants d'excitation.

« J'ai quelque chose », a-t-elle annoncé. « Ces symboles forment un message. Il est fragmenté, mais voici ce que j'ai déchiffré jusqu'à présent : "La clé des étoiles... ouvre le chemin... le pouvoir de remodeler... l'espace et le temps." »

Le silence se fit dans la salle tandis que les implications du message s'imposaient. L'esprit d'Elena s'emballa. « La clé fait partie d'un dispositif plus vaste », dit-elle lentement. « Un dispositif capable de manipuler l'espace-temps. »

« Exactement », a confirmé le Dr Carter. « Celui qui contrôle cet appareil pourrait avoir un pouvoir immense. Il pourrait être utilisé pour des avancées incroyables, ou pour provoquer des destructions catastrophiques. »

Les yeux d'Elena se plissèrent. « Nous devons trouver le reste de cet appareil et comprendre comment il fonctionne. Cette clé n'est que le début. »

Le Dr Carter hocha la tête. « Je vais continuer à travailler sur la traduction. Il se peut que d'autres indices soient cachés dans les symboles. »

La connexion avec le Dr Carter terminée, Elena se tourna vers son équipage. « Nous avons une nouvelle mission », déclara-t-elle. « Nous devons retrouver le reste de cet appareil et veiller à ce qu'il ne tombe pas entre de mauvaises mains. »

L'équipage hocha la tête, sa détermination renforcée. La découverte de la clé cosmique les avait mis sur un chemin semé d'embûches et d'incertitudes, mais aussi porteur de la promesse d'une découverte inimaginable.

L' *Odyssée* poursuivait sa route, son équipage uni dans sa quête pour percer les secrets du cosmos. Le voyage était loin d'être terminé et les enjeux n'avaient jamais été aussi élevés.

La course

L' *Odyssée* naviguait dans le vide constellé d'étoiles, ses moteurs ronronnant à un rythme régulier. À l'intérieur du centre de commandement, l'atmosphère était tendue. La capitaine Elena Rodriguez se tenait à la barre, les yeux fixés sur la carte holographique affichant leur trajectoire actuelle.

« Nous ne sommes pas seuls », a annoncé le lieutenant Harris, sa voix brisant le silence. « Nous avons repéré plusieurs navires sur une trajectoire d'interception. »

La mâchoire d'Elena se serra. « Qui sont-ils ? »

Harris appuya sur quelques touches, faisant apparaître les profils des vaisseaux. « On dirait un mélange de charognards indépendants et de quelques vaisseaux du Syndicat. »

— Le Syndicat, murmura Elena, les yeux plissés. Ils ont dû avoir vent de la clé.

Le Dr Anika Patel leva les yeux de sa console, l'inquiétude se lisant sur son visage. « S'ils mettent la main sur la clé, on ne sait pas ce qu'ils en feront. »

Elena hocha la tête. « Nous ne pouvons pas laisser cela se produire. Harris, trace une route vers le système inexploré le plus proche. Nous devons les semer. »

« Oui, capitaine », répondit Harris, ses doigts volant sur les commandes.

L' *Odyssée* vira brusquement, ses moteurs ronronnant tandis qu'elle accélérait. Les navires rivaux le suivirent, leurs intentions claires. La course était lancée.

Alors que l' *Odyssée* fonçait à travers des champs d'astéroïdes et des nébuleuses dangereuses, l'équipage travaillait sans relâche pour garder une longueur d'avance. L'esprit d'Elena s'emballait avec des stratégies, toutes plus désespérées les unes que les autres.

« Il faut gagner du temps », dit-elle d'une voix résolue. « Anika, pouvons-nous utiliser la signature énergétique de la clé pour créer un leurre ? »

Les yeux d'Anika s'écarquillèrent. « C'est risqué, mais ça pourrait marcher. J'aurai besoin de quelques minutes. »

« Fais-le, » ordonna Elena. « Harris, prépare-toi à déployer le leurre. »

Quelques minutes plus tard, Anika tendit à Harris un petit appareil dont la surface brillait faiblement. « Cela devrait imiter la signature énergétique de la clé. Cela ne durera pas longtemps, mais cela devrait suffire à les déstabiliser. »

Harris hocha la tête et activa l'appareil, le lançant dans l'espace. Le leurre s'éloigna, son signal émettant de fortes pulsations.

« Maintenant, nous attendons », dit Elena, les yeux fixés sur l'écran.

Les navires rivaux se rapprochaient, leurs capteurs se verrouillant sur le leurre. Un par un, ils modifièrent leur cap, poursuivant le faux signal.

« Ça a marché », a déclaré Harris, une pointe de soulagement dans la voix. « Ils mordent à l'hameçon. »

Elena s'autorisa un petit sourire. « Bien. Maintenant, partons d'ici. »

L' *Odyssée* s'élança, laissant derrière elle les navires rivaux. Mais le répit fut de courte durée. Quelques instants plus tard, les alarmes du navire retentirent et le visage d'Harris pâlit.

« Capitaine, nous avons un problème », dit-il. « L'un des navires du Syndicat n'a pas été pris au piège. Ils sont toujours à nos trousses. »

Les yeux d'Elena se plissèrent. « Prépare-toi à des manœuvres d'évitement. Nous ne pouvons pas les laisser nous attraper. »

L' *Odyssée* tournait et tournait, ses moteurs s'efforçant de repousser ses limites. Le vaisseau du Syndicat le suivait sans relâche, ses systèmes d'armes se mettant sous tension.

« Nous n'allons pas les ébranler », a déclaré Harris, la voix grave.

L'esprit d'Elena s'emballa. « Nous devons les affronter. Anika, prépare la clé. Nous pourrions avoir besoin de son pouvoir. »

Anika hocha la tête, ses mains tremblant légèrement alors qu'elle activait la matrice énergétique de la clé. « C'est prêt, capitaine. »

Elena prit une profonde inspiration. « Harris, ouvre un canal vers le vaisseau du Syndicat. »

L'écran vacilla, révélant le visage sévère d'un commandant du Syndicat. « Capitaine Rodriguez, ricana-t-il. Donnez-nous la clé et nous vous laisserons la vie sauve. »

Les yeux d'Elena brillèrent de défi. « Tu vas devoir l'arracher de nos mains froides et mortes. »

Le commandant rit. « Qu'il en soit ainsi. »

L'écran s'éteignit et le vaisseau du Syndicat ouvrit le feu. L'*Odyssée* trembla sous l'impact, mais Elena tint bon.

« Tout le monde, préparez-vous au combat », ordonna-t-elle. « Nous nous battons pour la clé – et pour notre avenir. »

L' *Odyssée* et le vaisseau du Syndicat se sont affrontés dans une bataille acharnée, chaque camp étant déterminé à s'emparer de la clé cosmique. Les enjeux n'ont jamais été aussi élevés et l'issue de cette bataille allait façonner le destin de la galaxie.

La confrontation

L' *Odyssée* tremblait sous le déluge incessant des armes du vaisseau du Syndicat. Des étincelles jaillissaient des consoles endommagées et l'odeur âcre des circuits électriques brûlés emplissait l'air. La capitaine Elena Rodriguez se tenait fermement à la barre, les yeux brillants de détermination.

« Revenez au feu ! ordonna-t-elle. Nous ne pouvons pas les laisser prendre la clé. »

Les doigts du lieutenant Harris volèrent sur les commandes, lançant une volée de torpilles à plasma sur le vaisseau ennemi. Les systèmes d'armes de *l'Odyssey* reprirent vie, ripostant de toutes leurs forces. Le vaisseau du Syndicat chancela sous l'impact, mais il se remit rapidement à flot, ses propres armes se déclenchant en réponse.

Dans la soute, le Dr Anika Patel et une équipe d'ingénieurs travaillaient frénétiquement pour stabiliser la clé cosmique. L'appareil vibrait d'énergie, ses motifs complexes brillaient de plus en plus fort à chaque instant.

« Nous devons exploiter son pouvoir », dit Anika, la voix tendue. « C'est notre seule chance. »

L'une des ingénieures, une jeune femme nommée Maya, hocha la tête. « Je vais rediriger l'énergie vers les boucliers du vaisseau. Cela pourrait nous faire gagner du temps. »

Tandis que Maya travaillait, les boucliers du vaisseau vacillaient et se renforçaient, absorbant le poids de l'assaut du Syndicat. Mais il était clair que l'*Odyssée* ne pourrait pas tenir plus longtemps.

« Capitaine, nous ne pouvons pas continuer comme ça », dit Harris d'une voix grave. « Nous sommes à court d'options. »

L'esprit d'Elena s'emballa. Il leur fallait un plan, et vite. Ses yeux se posèrent sur la clé, dont l'énergie tourbillonnait comme une galaxie miniature. Une idée commença à germer.

« Anika, est-ce qu'on peut utiliser la clé pour créer une distorsion spatiale ? » demanda Elena. « Quelque chose qui les déséquilibrerait ? »

Les yeux d'Anika s'écarquillèrent. « C'est risqué, mais ça pourrait marcher. Nous pourrions créer une faille temporaire dans l'espace-temps, juste assez pour perturber leurs systèmes. »

« Fais-le, ordonna Elena. Harris, prépare-toi à exécuter des manœuvres d'évitement à mon signal. »

Tandis qu'Anika et son équipe s'efforçaient de canaliser l'énergie de la clé, l'*Odyssée* continuait d'échanger des coups avec le vaisseau du Syndicat. La coque gémissait sous la pression, mais la détermination de l'équipage ne faiblissait jamais.

« Prêt, capitaine », lança Anika. « Déclenchement de la distorsion spatiale dans trois... deux... un... maintenant ! »

La clé s'illumina d'une lumière aveuglante et une vague d'énergie traversa le vaisseau. L'espace lui-même sembla se déformer et se tordre, créant un vortex tourbillonnant qui enveloppa le vaisseau du Syndicat.

« Maintenant, Harris ! » cria Elena.

L' *Odyssée* vira brusquement, traversant le vortex et émergeant de l'autre côté. Le vaisseau du Syndicat, pris dans la distorsion, peinait à reprendre le contrôle. Ses systèmes d'armes vacillèrent et tombèrent en panne, le laissant vulnérable.

« Tirez avec toutes vos armes ! » ordonna Elena.

L' *Odyssée* déclencha un barrage dévastateur, frappant le vaisseau du Syndicat avec une précision extrême. Des explosions se firent entendre sur sa coque et le vaisseau commença à se briser, son équipage tentant de s'échapper.

Alors que le vaisseau du Syndicat se désintégrait, l' *Odyssée* en sortit victorieuse mais meurtrie. L'équipage acclama, son soulagement était palpable. Mais la victoire était douce-amère.

Dans le chaos de la bataille, l'un des leurs avait fait le sacrifice ultime. Maya, la jeune ingénieure qui avait détourné l'énergie de la clé, avait été prise dans une explosion. Son corps sans vie gisait au milieu des décombres, témoignage de sa bravoure.

Elena s'agenouilla à côté d'elle, un poids lourd s'installant dans sa poitrine. « Elle nous a tous sauvés », dit-elle doucement. « Nous lui devons tout. »

L'équipage se rassembla autour d'eux, le visage sombre. Ils avaient gagné la bataille, mais le prix à payer avait été élevé. La clé cosmique, désormais endormie, reposait sur la table d'examen, ses secrets n'ayant toujours pas été révélés.

Elena se leva, sa détermination plus forte que jamais. « Nous avons la clé, mais notre voyage est loin d'être terminé. Nous devons honorer le sacrifice de Maya en poursuivant notre mission. Nous dévoilerons les secrets du cosmos et veillerons à ce que ce pouvoir soit utilisé pour le bien. »

L' *Odyssée* a poursuivi sa route, son équipage uni par un objectif commun et renforcé par les épreuves qu'il a partagées. La clé cosmique était un phare d' espoir et un rappel des sacrifices consentis dans la quête du savoir et de la justice.

Et alors qu'ils s'aventuraient dans l'inconnu, ils savaient que leur voyage ne faisait que commencer.

CHAPTER 10

Chapitre 10 : Trahison

Le soupçon
L' *Odyssée* glissait dans l'obscurité noire de l'espace, ses moteurs n'émettant qu'un faible bourdonnement en arrière-plan. À l'intérieur, l'atmosphère était tendue. La capitaine Elena Rodriguez arpentait le centre de commandement, l'esprit agité. Quelque chose clochait et elle ne parvenait pas à se défaire du sentiment qu'un danger se cachait juste sous la surface.

Le lieutenant Harris l'observait depuis son poste, ses propres pensées reflétant ses inquiétudes. « Capitaine, avez-vous remarqué quelque chose... d'étrange ces derniers temps ? » demanda-t-il à voix basse.

Elena s'arrêta et plissa les yeux. « Que veux-tu dire ? »

Harris jeta un coup d'œil autour de lui pour s'assurer qu'ils étaient seuls. « C'est juste que... certains membres de l' équipage se comportent bizarrement. Surtout le lieutenant Daniels. Il disparaît pendant des heures et ses explications ne tiennent pas la route. »

Elena fronça les sourcils. « Daniels ? Il a toujours été fiable. Qu'est-ce qui te fait penser qu'il y a quelque chose qui ne va pas ? »

Harris se pencha, sa voix à peine plus haute qu'un murmure. « Je l'ai trouvé dans la salle de communication hier soir. Il prétendait qu'il effectuait des diagnostics, mais les journaux montrent qu'il envoyait des messages cryptés. »

Le cœur d'Elena fit un bond. « Des messages cryptés ? À qui ? »

« Je n'ai pas pu retrouver le destinataire », a admis Harris. « Mais ça ne se présente pas bien. »

Les pensées d'Elena s'emballèrent. Si Daniels communiquait avec leurs rivaux, cela pourrait compromettre toute leur mission. « Nous devons enquêter discrètement. S'il est un traître, nous ne pouvons pas lui faire savoir que nous sommes sur ses traces. »

Harris hocha la tête. « D'accord. Je vais garder un œil sur lui et voir si je peux rassembler plus de preuves. »

Au fil des jours, Elena et Harris observèrent Daniels de près. Ils remarquèrent de subtiles incohérences dans son comportement : des regards nerveux, des conversations précipitées et des absences inexpliquées. Les pièces du puzzle commencèrent à se mettre en place, chacune pointant vers une conclusion inquiétante.

Un soir, Elena se retrouva sur le pont d'observation du navire, scrutant les étoiles. Le poids de la suspicion pesait lourdement sur ses épaules. Elle avait toujours fait confiance à son équipage, mais cette confiance était désormais mise à l'épreuve.

« Capitaine, » la voix de Harris grésilla dans l'interphone, interrompant sa rêverie. « Je crois que j'ai trouvé quelque chose. »

Elena se précipita vers le centre de commandement, où Harris l'attendait avec un bloc de données. « Qu'est-ce qu'il y a ? » demanda-t-elle, le cœur battant.

Harris lui tendit le bloc-notes, l'air sombre. « J'ai intercepté un autre message de Daniels. Il est fortement crypté, mais j'ai réussi à en décoder une partie. Il a été en contact avec le Syndicat. »

Le sang d'Elena se glaça. Le Syndicat était leur rival le plus dangereux, et si Daniels travaillait avec eux, cela pourrait tourner au désastre. « Nous devons l'affronter, dit-elle d'une voix d'acier. Mais nous devons être prudents. S'il se rend compte que nous sommes sur ses traces, il pourrait faire quelque chose de radical. »

Harris hocha la tête. « Je vais organiser une réunion privée. Nous pourrons le rencontrer là-bas. »

Alors qu'Elena se préparait à la confrontation, un sentiment de terreur l'envahit. La trahison était une pilule amère à avaler, surtout de la part de quelqu'un en qui elle avait confiance. Mais elle savait qu'elle devait l'affronter de front. La sécurité de son équipage et le succès de leur mission en dépendaient.

L' *Odyssée* poursuivait sa route, son cap fixé vers un avenir incertain. Et tandis que les étoiles scintillaient au-dehors, Elena se préparait à la tâche difficile qui l'attendait. La vérité devait éclater, quel qu'en soit le prix.

La Confrontation

La salle de conférence de *l'Odyssée* était faiblement éclairée, la seule lumière provenant de la douce lueur des écrans holographiques. Le capitaine Elena Rodriguez et le lieutenant Harris se tenaient côte à côte, leurs expressions sinistres. De l'autre côté de la table était assis le lieutenant Daniels, son visage un masque de confusion et de défi.

« De quoi s'agit-il, capitaine ? » demanda Daniels, la voix ferme mais ses yeux trahissant une lueur de malaise.

Elena inspira profondément, le regard fixé sur elle. « Nous devons parler de tes activités récentes, Daniels. Plus précisément, de ton utilisation non autorisée de la salle de communication. »

Les yeux de Daniels s'écarquillèrent légèrement, mais il se ressaisit rapidement. « J'étais en train de faire des diagnostics, comme je vous l'ai dit. »

Harris s'avança d' une voix froide. « Nous avons vérifié les journaux, Daniels. Vous envoyiez des messages cryptés. Vous voulez bien m'expliquer ? »

La mâchoire de Daniels se crispa. « Je ne sais pas de quoi tu parles. C'est un malentendu. »

Elena se pencha, le regard perçant. « Nous avons des preuves, Daniels. Ne rends pas les choses plus difficiles que nécessaire. »

Pendant un moment, le silence pesa lourdement sur l'air. Puis, avec un soupir résigné, Daniels se laissa retomber sur sa chaise. « D'accord. J'envoyais des messages. Mais ce n'est pas ce que tu crois. »

« Alors qu'est-ce qu'il y a ? » demanda Elena. « Avec qui communiquais-tu ? »

Daniels hésita, ses yeux passant d'Elena à Harris. « Le Syndicat, admit-il finalement. Mais je n'avais pas le choix. »

Le cœur d'Elena se serra. « Tu n'as pas le choix ? Explique-moi. »

Les épaules de Daniels s'affaissèrent, le poids de ses actes pesait sur lui. « Ils ont ma famille, capitaine. Ma femme et ma fille. Ils ont menacé de les tuer si je ne coopérais pas. »

La colère d'Elena s'estompa, remplacée par un élan de sympathie. « Pourquoi n'es-tu pas venu nous voir ? Nous aurions pu t'aider. »

Daniels secoua la tête. « Je ne pouvais pas prendre ce risque. Ils ont dit qu'ils le sauraient si j'en parlais à quelqu'un. Je pensais pouvoir m'en sortir tout seul. »

L'expression de Harris s'adoucit, mais sa voix resta ferme. « Tu nous as tous mis en danger, Daniels. La mission entière est compromise à cause de toi. »

« Je sais, dit Daniels, la voix brisée. Je ne voulais pas te trahir. J'essayais de trouver une issue, mais j'étais pris au piège. »

Les pensées d'Elena s'emballèrent. La situation était plus compliquée qu'elle ne l'avait imaginé. La trahison de Daniels était motivée par le désespoir, pas par la malveillance. Mais le mal était fait, et ils devaient en assumer les conséquences.

« Nous devons sécuriser la clé et nous assurer que le Syndicat ne puisse pas utiliser les informations que vous lui avez fournies », dit Elena d'une voix résolue. « Mais d'abord, nous devons décider quoi faire de vous. »

Daniels leva les yeux, ses yeux suppliants. « S'il vous plaît, capitaine. Je n'ai jamais voulu ça. Je veux juste récupérer ma famille. »

Le cœur d'Elena se serra sous le poids de cette décision. Elle se tourna vers Harris, lui demandant conseil. « Qu'en penses-tu ? »

Harris soupira. « Nous ne pouvons pas ignorer ce qu'il a fait, mais nous ne pouvons pas non plus l'abandonner. Nous devons trouver un moyen de sauver sa famille et de neutraliser la menace. »

Elena hocha la tête, sa résolution se renforçant. « D'accord. Daniels, tu seras confiné dans tes quartiers jusqu'à ce que nous puissions régler cette affaire. Nous ferons tout ce que nous pouvons pour sauver ta famille, mais tu dois coopérer pleinement. »

Daniels hocha la tête, des larmes de soulagement et de culpabilité coulant sur son visage. « Merci, capitaine. Je ne vous laisserai plus tomber. »

Tandis que Daniels était escorté vers la sortie, Elena et Harris échangèrent un regard las. La trahison les avait ébranlés, mais ils étaient déterminés à aller de l'avant. La mission était trop importante pour laisser quoi que ce soit les en empêcher.

L' *Odyssée* poursuivait sa route , son équipage uni par un objectif commun mais divisé par les cicatrices de la trahison. Le voyage à venir serait semé d'embûches, mais ils étaient prêts à les affronter ensemble.

Les retombées

Le mess de l' *Odyssée était inhabituellement calme, le bourdonnement habituel des conversations ayant fait place à un silence tendu. L'équipage était assis en petits groupes, leurs visages gravés d'inquiétude et de confusion. La révélation de* la trahison du lieutenant

Daniels avait envoyé une onde de choc à travers le navire, et l'atmosphère était lourde de malaise.

La capitaine Elena Rodriguez se tenait à la tête de la salle, l'air sombre. Elle savait qu'elle devait s'adresser à l'équipage pour lui apporter un semblant d'ordre et de réconfort. Prenant une profonde inspiration, elle s'avança.

« Tout le monde, je sais que vous êtes tous au courant de ce qui s'est passé », commença Elena, la voix ferme mais pleine d'émotion. « Le lieutenant Daniels a admis avoir communiqué avec le Syndicat. Il l'a fait sous la contrainte, pensant que c'était le seul moyen de protéger sa famille. »

Des murmures se sont répandus dans la salle, un mélange de colère, de sympathie et d'incrédulité. Elena a levé la main pour les faire taire. « Je comprends que la situation soit difficile. Les actions de Daniels nous ont tous mis en danger, mais nous devons nous rappeler qu'il était motivé par le désespoir, pas par la malveillance. »

Le Dr Anika Patel se leva, le visage empreint d'inquiétude. « Capitaine, qu'allons-nous faire du Syndicat ? Ils connaissent la clé maintenant. Nous sommes plus en danger que jamais. »

Elena hocha la tête. « Nous travaillons sur un plan pour sauver la famille de Daniels et neutraliser la menace. Mais nous devons rester unis. Cette trahison nous a ébranlés, mais nous ne pouvons pas la laisser nous déchirer. »

Le lieutenant Harris s'avança d'une voix ferme. « Nous devons nous concentrer sur notre mission. La clé est trop importante pour tomber entre de mauvaises mains. Nous devons rester vigilants et travailler ensemble. »

Les membres de l'équipage échangèrent des regards, leurs expressions mêlant détermination et incertitude. La trahison avait créé une rupture, mais ils savaient qu'ils devaient aller de l'avant.

Les yeux d'Elena scrutèrent la pièce, observant les visages de son équipage. « Je sais que la confiance a été brisée et qu'il faudra du temps pour la reconstruire. Mais nous sommes une équipe et nous avons une mission à accomplir. Nous ne pouvons pas nous permettre de laisser cela nous diviser. »

L'un des ingénieurs, un homme corpulent nommé Carter, se leva. « Capitaine, qu'en est-il de Daniels ? Que va-t-il lui arriver ? »

Le regard d'Elena s'adoucit. « Daniels sera confiné dans ses quartiers jusqu'à ce que nous puissions résoudre cette situation. Il coopérera pleinement avec nos efforts pour sauver sa famille et arrêter le Syndicat. »

Carter hocha la tête, l'air pensif. « Je n'aime pas ce qu'il a fait, mais je comprends pourquoi il l'a fait. Nous devons nous assurer que cela ne se reproduise plus jamais. »

Le cœur d'Elena se gonfla d'un mélange de fierté et de tristesse. « D'accord. Nous en tirerons les leçons et prendrons des mesures pour assurer notre sécurité. Mais pour l'instant, nous devons nous concentrer sur la tâche à accomplir. »

Alors que l'équipage se dispersait, Elena sentit un poids lourd se soulever de ses épaules. La route qui les attendait serait difficile, mais ils étaient plus forts ensemble. La trahison avait mis leur détermination à l'épreuve, mais elle leur avait également rappelé l'importance de l'unité et de la confiance.

L' *Odyssée* poursuivait sa route, son équipage étant déterminé à surmonter les défis qui l'attendaient. La clé cosmique était toujours leur étoile directrice, et ils suivraient son chemin, peu importe où elle les mènerait.

Alors qu'ils s'aventuraient dans l'inconnu, ils savaient que leur voyage était loin d'être terminé. Les liens qu'ils avaient forgés face à l'adversité les aideraient à traverser les moments les plus sombres, éclairant la voie vers un avenir meilleur.

Le Plan

Le centre de commandement de *l'Odyssée* vibrait d'un sentiment renouvelé de détermination. Malgré la récente trahison, l'équipage était déterminé à continuer. Le capitaine Elena Rodriguez se tenait à la console centrale, ses yeux scrutant la carte holographique qui affichait leur position actuelle et l'emplacement de la prochaine pièce de l'appareil cosmique.

« Nous ne pouvons pas laisser le Syndicat prendre le dessus », dit Elena d'une voix ferme. « Nous devons trouver un plan pour les déjouer et sécuriser la prochaine pièce de l'appareil. »

Le lieutenant Harris hocha la tête, ses doigts volant sur les commandes. « J'ai analysé leurs mouvements. Ils sont rapides, mais nous avons l'avantage de connaître le terrain. Si nous empruntons cette route, nous pourrons atteindre la cible avant eux », désigna-t-il en indiquant une série de coordonnées sur la carte.

Le Dr Anika Patel se pencha, les sourcils froncés de concentration. « Nous devrons être prudents. La zone est remplie d'anomalies gravitationnelles. Un faux mouvement et nous pourrions être entraînés dans un trou noir. »

Les yeux d'Elena se plissèrent. « Nous n'avons pas le choix. Nous devons prendre le risque. Anika, peux-tu préparer le bateau pour le voyage ? »

Anika hocha la tête. « Je vais renforcer les boucliers et recalibrer les systèmes de navigation. Ce ne sera pas facile, mais nous pouvons y arriver. »

Elena se tourna vers le reste de l'équipage, qui s'était rassemblé autour de la console centrale. « Écoutez-moi bien, tout le monde. Cette mission est cruciale. Nous devons travailler ensemble et rester concentrés. Le Syndicat est juste derrière nous, et nous ne pouvons pas nous permettre de faire des erreurs. »

L'équipage hocha la tête, le visage déterminé. Malgré la tension persistante provoquée par la trahison de Daniels, ils savaient qu'ils devaient mettre leurs différences de côté et travailler en équipe.

Alors que l'équipage se dispersait vers leurs postes, Elena ressentit un élan de fierté. Ils formaient un groupe résilient et elle savait qu'ils pourraient surmonter n'importe quel défi s'ils restaient unis.

Dans la salle d'ingénierie, Anika et son équipe travaillaient sans relâche pour préparer le vaisseau. Des étincelles jaillissaient tandis qu'ils renforçaient les boucliers et le bourdonnement des machines emplissait l'air. Les mains d'Anika se déplaçaient avec une précision éprouvée, son esprit concentré sur la tâche à accomplir.

« Nous sommes presque prêts », a-t-elle lancé à Maya, qui l'assistait. « Il ne reste plus que quelques ajustements. »

Maya hocha la tête, le visage empreint de détermination. « Nous y arriverons, Dr Patel. Nous devons ... »

Pendant ce temps, au centre de commandement, Harris et Elena examinaient le plan de navigation. « Nous devrons synchroniser nos manœuvres à la perfection », a déclaré Harris. « Une erreur de calcul et nous sommes foutus. »

Elena hocha la tête. « Je te fais confiance, Harris. Tu ne nous as jamais laissé tomber auparavant. »

Alors que les derniers préparatifs étaient terminés, Elena s'adressa une dernière fois à l'équipage. « Ça y est, tout le monde. Nous sommes sur le point de nous lancer dans l'une des missions les plus dangereuses auxquelles nous ayons jamais été confrontés. Mais je crois en chacun d'entre vous. Ensemble, nous pouvons y arriver. »

L'équipage a répondu par un chœur d' affirmations, leur moral étant rehaussé par les mots d'Elena. Ils savaient que les enjeux étaient élevés, mais ils étaient prêts à affronter tous les défis qui les attendaient.

Les moteurs de *l'Odyssée* rugirent et le vaisseau s'élança, naviguant à travers le terrain dangereux avec précision et habileté. Les anomalies gravitationnelles tiraient sur le vaisseau, mais les boucliers renforcés tenaient bon.

Alors qu'ils approchaient de leur destination, la tension était palpable dans le centre de commandement. Les yeux d'Elena étaient fixés sur l'écran, son cœur battant d'impatience.

« Nous y sommes presque », dit Harris d'une voix ferme. « Il ne reste plus qu'un petit moment. »

L'équipage retenait son souffle alors que l' *Odyssée* s'approchait de la cible. Les navires du Syndicat étaient juste derrière, mais l' *Odyssée* avait l'avantage.

Grâce à un dernier sursaut de vitesse, l' *Odyssée* atteignit les coordonnées et récupéra la pièce suivante du dispositif cosmique. L'équipage éclata en acclamations, sa victoire durement gagnée mais bien méritée.

Elena s'autorisa un moment de soulagement. Ils avaient réussi, mais le voyage était loin d'être terminé. La trahison avait laissé des traces, mais elle avait aussi renforcé leur détermination.

L' *Odyssée* a poursuivi sa route, son équipage uni par un objectif commun et prêt à affronter tous les défis qui l'attendaient. La clé cosmique était à portée de main et ils ne reculeraient devant rien pour en percer les secrets.

L'exécution

L' *Odyssée* glissait dans le vide sillonné d'étoiles, ses moteurs bourdonnant de détermination. L'équipage était en état d'alerte maximale, chaque membre à son poste, prêt pour la dernière étape de sa mission. La capitaine Elena Rodriguez se tenait à la barre, les yeux fixés sur l'écran affichant leur destination : une planète lointaine et inexplorée qui, selon la rumeur, contiendrait le prochain morceau de l'engin cosmique.

« Nous approchons de la planète », rapporta le lieutenant Harris, ses doigts dansant sur les commandes. « Les scanners montrent plusieurs vaisseaux du Syndicat dans les environs. »

La mâchoire d'Elena se serra. « Ils nous ont battus ici. Nous devons être prudents. Anika, quel est le statut de la clé ? »

Le Dr Anika Patel leva les yeux de sa console, son visage illuminé par la douce lueur de l'écran holographique. « La clé est stable. Nous pouvons l'utiliser pour créer un bouclier temporaire, mais il ne durera pas longtemps. »

Elena hocha la tête. « Nous aurons besoin de tous les avantages possibles. Harris, emmène-nous. Anika, prépare la clé. »

L' *Odyssée* descendit vers la planète, ses boucliers scintillants tandis qu'ils absorbaient l'entrée atmosphérique. Les vaisseaux du Syndicat se profilèrent devant, leurs systèmes d'armes se mettant sous tension.

« Tout le monde, préparez-vous au combat », ordonna Elena. « Nous devons sécuriser le site d'atterrissage et récupérer l'appareil. »

L' *Odyssée* toucha terre, son train d'atterrissage s'enfonçant dans le sol mou et étranger. L'équipage débarqua, armes prêtes , les yeux scrutant l'horizon à la recherche d'un quelconque signe du Syndicat.

« Sortez », ordonna Elena, ouvrant la voie vers les ruines antiques où, selon la rumeur, l'appareil était caché.

L'équipage naviguait dans la jungle dense, leurs sens aiguisés par la menace omniprésente d'une embuscade. Alors qu'ils approchaient des ruines, le sol trembla et une escouade de soldats du Syndicat émergea de l'ombre, les armes à la main.

« Mettez-vous à l'abri ! » cria Harris en plongeant derrière un pilier tombé.

Des tirs de blaster éclatèrent, l'air crépitant d'énergie alors que les deux camps s'affrontaient. Le cœur d'Elena battait fort alors qu'elle ripostait, son esprit concentré sur la mission. Ils étaient allés trop loin pour échouer maintenant.

« Anika, active la clé ! » cria Elena.

Anika hocha la tête, les mains fermes tandis qu'elle activait la clé cosmique. Un bouclier scintillant enveloppa l'équipage, déviant les attaques du Syndicat et leur donnant un avantage momentané.

« Avancez ! » ordonna Elena. « Nous devons atteindre l'appareil ! »

Avec une détermination renouvelée, l'équipage avança, leurs armes flamboyantes. Les soldats du Syndicat reculèrent, incapables de pénétrer le bouclier protecteur de la clé. Alors qu'ils atteignaient le cœur des ruines, Elena aperçut l'appareil : une structure cristalline vibrant d'énergie.

« Le voilà ! » cria-t-elle. « Sécurisez la zone ! »

L'équipage a formé un périmètre défensif, repoussant les forces restantes du Syndicat pendant qu'Anika et Harris travaillaient à extraire l'appareil. Le sol tremblait sous l'intensité de la bataille, mais l'équipage a tenu bon, uni par leur objectif commun.

« Compris ! » s'exclama Harris en soulevant l'appareil de son piédestal.

« Retournez au vaisseau ! » ordonna Elena. « Nous avons ce pour quoi nous sommes venus ! »

L'équipage battit en retraite, poursuivi par les soldats du Syndicat. Lorsqu'ils atteignirent l'*Odyssée*, Elena se retourna pour faire face à leurs ennemis, les yeux brillants de défi.

« C'est fini maintenant », dit-elle en levant son arme.

D'un dernier coup de feu, l'équipage repoussa le Syndicat, qui battit en retraite en désordre. Les moteurs de l'*Odyssey* s'ébranlèrent et décollèrent de la surface de la planète, laissant le Syndicat derrière lui.

Alors que le vaisseau s'élevait vers les étoiles, Elena s'autorisa un moment de soulagement. Ils avaient récupéré la prochaine pièce de l'appareil cosmique, mais le voyage était loin d'être terminé. La trahison avait laissé des traces, mais elle avait également forgé un lien plus fort au sein de l'équipage.

L' *Odyssée* a poursuivi sa route, son équipage uni par sa mission commune et prêt à affronter tous les défis qui l'attendaient. La clé cosmique était à portée de main et ils ne reculeraient devant rien pour en percer les secrets.

CHAPTER 11

Chapitre 11 : Le puzzle final

La Révélation

L' *Odyssée* flottait dans l'étendue sereine de l'espace, son équipage rassemblé dans le centre de commandement, leurs visages illuminés par la douce lueur des écrans holographiques. La capitaine Elena Rodriguez se tenait à la barre, les yeux fixés sur la clé cosmique, qui flottait au centre de la pièce, ses motifs complexes scintillant d'une lumière éthérée.

« Tout le monde, ça y est », dit Elena d'une voix ferme mais pleine d'impatience. « Nous avons rassemblé toutes les pièces du puzzle. Il est maintenant temps de déchiffrer le message final. »

Le Dr Anika Patel s'avança, ses doigts dansant sur les commandes. L'écran holographique s'alluma, projetant une image tridimensionnelle de la clé et des symboles qu'ils avaient minutieusement collectés. La salle devint silencieuse tandis que l'équipage regardait, leur souffle collectif retenant son souffle par anticipation.

« La clé est bien plus qu'une simple carte », commença Anika, la voix teintée d'enthousiasme. « C'est un guide, un plan pour quelque chose de bien plus grand. Lorsque nous alignons correctement les symboles, cela devrait révéler l'emplacement d'un ancien artefact d'une immense puissance. »

Le lieutenant Harris se pencha, les yeux plissés tandis qu'il étudiait l'écran. « Un artefact ? De quel genre de pouvoir parlons-nous ? »

Les yeux d'Anika brillaient d'un mélange d'admiration et de prudence. « Selon les légendes, cet artefact a la capacité de manipuler l'espace-temps lui-même. Il pourrait changer le cours de l'histoire. »

Un murmure d'étonnement parcourut l'équipage. L'esprit d'Elena réfléchissait aux implications de cette idée. Le pouvoir de manipuler l'espace-temps était à la fois impressionnant et terrifiant. Entre de mauvaises mains, cela pouvait se transformer en désastre.

« Nous devons résoudre cette énigme avant que le Syndicat ne le fasse », dit Elena d'une voix résolue. « Anika, commençons. »

Anika hocha la tête et commença à manipuler les symboles holographiques, les alignant selon les motifs qu'ils avaient découverts. L'équipage regardait en silence, la tension dans la pièce palpable. Chaque mouvement les rapprochait de la vérité, et les enjeux n'avaient jamais été aussi élevés.

Lorsque le dernier symbole s'est enclenché, la clé a émis un brillant éclair de lumière. L'affichage holographique s'est transformé, révélant une carte des étoiles avec un seul point lumineux en son centre.

« Le voilà, murmura Anika, la voix pleine d'émerveillement. L'emplacement de l'artefact. »

Les yeux d'Elena se fixèrent sur le point lumineux. « Fixe un cap, Harris. Nous devons y arriver avant le Syndicat. »

Les doigts de Harris volèrent sur les commandes, traçant leur nouvelle trajectoire. « Capitaine, cap fixé. Nous serons là dans quelques heures. »

Elena se tourna vers son équipage, le cœur gonflé de fierté et de détermination. « Ça y est, tout le monde. La dernière pièce du puzzle. Nous avons parcouru un long chemin, et nous n'allons pas laisser le Syndicat nous battre maintenant. Préparez-vous au départ. »

L'équipage s'est dispersé, chacun se concentrant sur sa tâche. L'atmosphère était chargée d'un mélange d'excitation et d'urgence. Ils savaient que le voyage à venir serait semé d'embûches, mais ils étaient prêts à l'affronter ensemble.

Alors que l' *Odyssée* avançait à toute allure, Elena s'autorisa un moment de réflexion. La clé cosmique les avait entraînés dans un voyage incroyable, révélant des secrets et des défis à chaque tournant. À présent, ils étaient sur le point de découvrir quelque chose qui pourrait changer le destin de la galaxie.

Les étoiles s'étendaient devant eux, une vaste frontière inexplorée. Et tandis que l' *Odyssée* voguait vers sa destination, Elena savait que la véritable aventure ne faisait que commencer.

Le défi

L' *Odyssée* fonçait à travers l'espace, ses moteurs bourdonnant d'un sentiment d'urgence. À l'intérieur du centre de commandement, l'équipage était rassemblé autour de la console centrale, leurs visages illuminés par l'affichage holographique de la clé cosmique. La capitaine Elena Rodriguez se tenait à la barre, les yeux fixés sur les motifs complexes qui détenaient les secrets de leur prochaine destination.

« Nous sommes arrivés aux coordonnées », annonça le lieutenant Harris d'une voix ferme. « L'artefact devrait se trouver quelque part sur cette planète. »

Elena hocha la tête, son esprit s'emplissant de possibilités. « Anika, des lectures ? »

Le Dr Anika Patel a parcouru les données diffusées sur sa console. « La surface de la planète est couverte d'une végétation dense et de ruines antiques. Je détecte de faibles signatures énergétiques, mais elles sont dispersées. Nous devrons effectuer les recherches à pied. »

Elena se tourna vers son équipage, l'air résolu. « Préparez-vous, tout le monde. Nous descendons. »

L'équipage enfila sa combinaison et descendit à la surface de la planète, ses bottes s'enfonçant dans le sol moussu. L'air était chargé d'humidité et la canopée dense de la jungle projetait des ombres tachetées sur les ruines antiques qui se profilaient devant lui.

« Restez vigilants », prévint Elena alors qu'ils avançaient. « Cet endroit est plein de pièges et de leurres. Nous ne pouvons pas nous permettre de faire des erreurs. »

En parcourant les ruines, l'équipage a dû faire face à une série de défis complexes. D'anciens mécanismes et énigmes gardaient le chemin vers l'artefact, tous plus complexes les uns que les autres.

« Il semblerait que nous devions résoudre cette énigme pour continuer », a déclaré Harris, en examinant une tablette de pierre couverte de symboles cryptiques.

Anika s'avança, les yeux plissés tandis qu'elle étudiait la tablette. « Ces symboles sont similaires à ceux de la clé. Si nous les alignons correctement, cela devrait déverrouiller le passage suivant. »

L'équipage a travaillé ensemble, chaque membre utilisant ses compétences uniques pour contribuer à la solution. Harris a déchiffré les symboles, tandis qu'Anika manipulait les mécanismes anciens. Elena gardait un œil vigilant sur leur environnement, prête à réagir à toute menace.

« Compris », dit Harris, une note de triomphe dans la voix alors que les symboles s'enclenchaient.

Le sol gronda et une porte cachée s'ouvrit, révélant un passage sombre. L'équipage échangea des regards déterminés et poursuivit sa route, leur détermination inébranlable.

Au fur et à mesure qu'ils s'aventuraient dans les ruines, les défis devenaient de plus en plus redoutables. Ils rencontraient des pièges qui mettaient leurs réflexes à l'épreuve et des leurres conçus pour les tromper. Mais à chaque obstacle, leur travail d'équipe et leur détermination les aidaient à surmonter.

« Nous nous rapprochons », dit Anika, la voix pleine d'excitation. « Les signatures énergétiques deviennent plus fortes. »

Soudain, le sol céda sous eux et l'équipage se retrouva à glisser dans un tunnel sombre et abrupt. Ils atterrirent dans une chambre caverneuse, dont les murs étaient tapissés de cristaux brillants qui pulsaient d'énergie.

« Tout le monde va bien ? » cria Elena en aidant Harris à se relever.

« Ouais, juste un peu secoué », répondit Harris en s'époussetant.

Les yeux d'Anika s'écarquillèrent tandis qu'elle scrutait la pièce. « C'est ça. Le défi final. »

Au centre de la pièce se trouvait un énorme piédestal de pierre, orné des mêmes symboles qu'ils avaient déchiffrés. L'énergie qui en émanait était presque palpable.

« Nous devons résoudre cette dernière énigme pour récupérer l'artefact », dit Elena d'une voix ferme. « Allons-y. »

L'équipage s'est rassemblé autour du piédestal, l'esprit concentré sur la tâche à accomplir. Ils ont travaillé à l'unisson, chaque membre apportant son expertise pour décoder l'énigme finale.

Alors que le dernier symbole s'enclenchait, le piédestal commença à briller et un compartiment caché s'ouvrit, révélant l'artefact : un orbe cristallin qui pulsait d'une lumière envoûtante.

« Nous l'avons fait », murmura Anika, les yeux écarquillés d'admiration.

Elena tendit la main et souleva l'orbe avec précaution, sentant son pouvoir vibrer sous ses doigts. « Nous avons la dernière pièce. Maintenant, retournons au vaisseau. »

L'équipage est revenu à bord de l' *Odyssée*, le cœur rempli d'un mélange de triomphe et d'impatience. Ils avaient surmonté tous les défis, mais ils savaient que le plus dur restait à venir.

L' *Odyssée* a poursuivi sa route, son équipage uni par sa mission commune et prêt à affronter tous les défis qui l'attendaient. L'énigme finale avait été résolue, mais le voyage était loin d'être terminé.

La trahison dévoilée

Le centre de commandement de *l'Odyssée* était en pleine effervescence tandis que l'équipage s'efforçait d'analyser l'artefact nouvellement acquis. Le capitaine Elena Rodriguez se tenait à la console centrale, ses yeux scrutant les données diffusées sur les écrans holographiques. L'artefact pulsait d'une lumière envoûtante, son énergie emplissant la pièce d'un sentiment de crainte et d'impatience.

« Nous y sommes presque », a déclaré le Dr Anika Patel, la voix teintée d'enthousiasme. « Cet artefact est la clé qui nous permettra de découvrir la dernière pièce du puzzle. »

Le lieutenant Harris hocha la tête, ses doigts volant sur les commandes. « J'ai presque les coordonnées. Il ne me reste plus que quelques ajustements. »

Alors que l'équipage se concentrait sur ses tâches, un sentiment de malaise s'installa en Elena. Quelque chose clochait. Elle jeta un coup d'œil autour de la pièce, ses yeux se plissant lorsqu'elle remarqua le lieutenant Daniels debout sur le côté, son expression tendue et sur ses gardes.

« Daniels », cria Elena d'une voix ferme. « Est-ce que tout va bien ? »

Daniels leva les yeux, ses yeux brillants d'un mélange de culpabilité et de défi. « Je vais bien, capitaine. Je... réfléchissais juste. »

Les soupçons d'Elena grandirent. Elle avait fait confiance à Daniels autrefois, et il les avait trahis. Se pourrait-il qu'il cache encore quelque chose ? Elle décida de l'affronter directement.

« Daniels, j'ai besoin de te parler en privé », dit Elena, son ton ne laissant aucune place à la dispute.

Daniels hésita, puis hocha la tête. « Bien sûr, capitaine. »

Ils se dirigèrent vers un coin isolé du centre de commandement, loin des regards indiscrets du reste de l'équipage. Le regard d'Elena se posa sur Daniels, sa voix basse et intense. « Que se passe-t-il, Daniels ? Tu agis bizarrement depuis que nous avons trouvé l'artefact. »

Les yeux de Daniels se tournèrent autour de lui, ses mains se serrant et se desserrant à ses côtés. « Je... Je ne peux plus faire ça, Capitaine. Je ne peux pas continuer à mentir. »

Le cœur d'Elena battait fort. « Mentir à propos de quoi ? »

Daniels respira profondément, ses épaules s'affaissant sous le poids de sa confession. « J'ai été en contact avec le Syndicat. Ils ont promis de libérer ma famille si je les aidais à récupérer l'artefact. »

Le sang d'Elena se glaça. « Tu nous as encore trahis ? »

Les yeux de Daniels se remplirent de larmes. « Je ne voulais pas, mais ils ont ma femme et ma fille. Je ne pouvais pas les laisser mourir. »

La colère d'Elena s'enflamma, mais elle se força à garder son calme. « Pourquoi n'es-tu pas venue nous voir ? Nous aurions pu t'aider. »

Daniels secoua la tête. « J'avais peur. Ils ont dit qu'ils le sauraient si j'en parlais à quelqu'un. Je pensais pouvoir m'en sortir tout seul. »

Les pensées d'Elena s'emballèrent. La trahison était un coup dévastateur, mais ils ne pouvaient pas se permettre de la laisser faire dérailler leur mission. « Nous devons régler ça maintenant. Le Syndicat ne peut pas mettre la main sur l'artefact. »

Elle se tourna vers le reste de l'équipage, sa voix résonnant d'autorité. « Tout le monde, écoutez. Daniels a travaillé avec le Syndicat. Ils l'ont utilisé pour atteindre l'artefact. »

Un murmure de choc et de colère parcourut l'équipage. Le lieutenant Harris s'avança, le visage couvert de fureur. « Daniels, comment as-tu pu ? »

Les épaules de Daniels s'affaissèrent. « Je suis désolé. Je n'ai jamais voulu te trahir. Je voulais juste sauver ma famille. »

Elena leva la main pour faire taire l'équipage. « Nous n'avons pas le temps pour ça. Nous devons sécuriser l'artefact et trouver comment sauver la famille de Daniels. Mais d'abord, nous devons nous assurer que le Syndicat ne puisse pas nous traquer. »

Anika hocha la tête, l'air résolu. « Je vais essayer de brouiller notre signal. Ils ne pourront pas nous suivre. »

Elena se tourna vers Daniels, le regard dur. « Tu es confiné dans tes quartiers jusqu'à ce que nous ayons réglé cette affaire. Nous ferons tout ce que nous pouvons pour sauver ta famille, mais tu dois coopérer pleinement. »

Daniels hocha la tête, les larmes coulant sur son visage. « Merci, capitaine. Je ne vous laisserai plus tomber. »

Alors que Daniels était escorté, Elena sentit un poids lourd peser sur ses épaules. La trahison les avait ébranlés, mais ils ne pouvaient pas se permettre de la laisser les diviser. La mission était trop importante.

L'*Odyssée* poursuivait sa route, son équipage uni par un objectif commun mais brisé par les cicatrices de la trahison. Le voyage à venir serait semé d'embûches, mais ils étaient déterminés à les affronter ensemble. L'énigme finale était à leur portée, et ils ne reculeraient devant rien pour en percer les secrets.

La pièce finale

L' *Odyssée* planait au-dessus des ruines antiques, ses moteurs ronronnant d'un sentiment d'urgence. À l'intérieur du centre de commandement, le capitaine Elena Rodriguez et son équipage se préparaient pour la dernière étape de leur mission. La trahison les avait ébranlés, mais leur détermination était plus forte que jamais.

« Nous sommes proches du but », a déclaré le Dr Anika Patel, les yeux fixés sur l'écran holographique. « La dernière pièce du puzzle se trouve quelque part dans ces ruines. »

Le lieutenant Harris hocha la tête, ses doigts volant sur les commandes. « Les scanners détectent une forte signature énergétique. Mais c'est fortement surveillé. Nous devrons être prudents. »

Le regard d'Elena parcourut son équipage, chaque membre étant prêt à relever le défi qui l'attendait. « Ça y est, tout le monde. La dernière pièce. Allons-y. »

L'équipage descendit à la surface de la planète, leurs bottes craquant sur le terrain rocheux. Les ruines se dressaient devant eux, anciennes et menaçantes. À mesure qu'ils s'approchaient, l'air crépitait d'énergie et une barrière scintillante bloquait leur chemin.

« On dirait un champ de force », dit Harris en examinant la barrière. « Nous devrons le désactiver pour pouvoir passer. »

Anika s'avança, les yeux plissés tandis qu'elle étudiait la barrière. « Elle est alimentée par une série de nœuds énergétiques. Si nous parvenons à les désactiver, la barrière devrait tomber. »

Elena hocha la tête. « Séparons-nous et trouvons ces nœuds. Restons en contact et soyons prudents. »

L'équipage se déploya, chaque membre cherchant les nœuds énergétiques cachés parmi les ruines. L'air était lourd de tension, chaque ombre une menace potentielle. Pendant qu'ils travaillaient, le sol tremblait et un grondement sourd résonna dans les ruines.

« Capitaine, j'ai trouvé l'un des nœuds, » craqua la voix d'Harris dans le communicateur. « Je vais le désactiver maintenant. »

Le cœur d'Elena battait fort alors qu'elle se déplaçait à travers les ruines, ses yeux scrutant le moindre signe des nœuds restants. Soudain, un éclair de lumière attira son attention et elle repéra un nœud niché dans la pierre en ruine.

« J'en ai un », dit-elle en tendant la main vers le nœud. « Je le désactive maintenant. »

Alors que le deuxième nœud s'éteignait, la barrière vacilla, mais resta intacte. « Nous devons trouver le dernier », insista Elena, la voix tendue.

La voix d'Anika résonna dans le système de communication, pleine d'urgence. « Je l'ai trouvé, mais il est fortement surveillé. J'ai besoin de renforts. »

Elena et Harris se précipitèrent vers Anika, leurs armes prêtes. Ils la trouvèrent coincée derrière un pilier tombé, un groupe de soldats du Syndicat se rapprochant.

« Couvrez-moi ! » cria Elena en tirant sur les soldats.

Harris se joignit à eux, et leur puissance de feu combinée repoussa les soldats. Anika saisit l'occasion et se précipita pour désactiver le dernier nœud. La barrière scintilla puis s'effondra, révélant une chambre cachée au-delà.

« Allons-y ! » ordonna Elena en ouvrant la voie vers la chambre.

À l'intérieur, l'air était chargé d'énergie et, au centre de la pièce, se trouvait la dernière pièce de l'appareil cosmique : un globe cristallin, pulsant d'une lumière envoûtante. Mais il était gardé par un obstacle redoutable : un gardien antique et massif, dont les yeux brillaient d'une intelligence féroce.

« Il faut le distraire, dit Elena, l'esprit en ébullition. Anika, Harris, prenez-le à revers. Je vais chercher l'orbe. »

L'équipage se mit en position, leurs mouvements coordonnés et précis. Alors qu'Anika et Harris attaquaient le gardien, Elena s'élança en avant, le cœur battant. Les yeux du gardien se fixèrent sur elle, et il se précipita, sa forme massive lui bloquant le chemin.

« Maintenant ! » cria Harris, attirant l'attention du gardien.

Elena saisit l'occasion, se précipita devant le gardien et attrapa l'orbe. Ses doigts se refermèrent autour de l'orbe, et une vague d'énergie la parcourut. Le gardien rugit, mais il était trop tard. L'orbe était à eux.

« Recule ! » ordonna Elena en serrant fermement l'orbe.

L'équipage battit en retraite, les rugissements du gardien résonnant dans la chambre. Alors qu'ils émergeaient des ruines, les moteurs de *l'Odyssée* rugirent, les soulevant loin de la surface de la planète.

« Nous avons réussi », dit Anika, la voix pleine d'admiration. « Nous avons la pièce finale. »

Elena s'autorisa un moment de soulagement. Elles avaient surmonté tous les défis, mais le voyage était loin d'être terminé. L'énigme finale était terminée, mais le véritable test les attendait.

L'*Odyssée* a poursuivi sa route, son équipage uni par sa mission commune et prêt à affronter tous les défis qui l'attendaient. La clé cosmique était à portée de main et ils ne reculeraient devant rien pour en percer les secrets.

La Révélation

L'*Odyssée* naviguait dans l'immensité de l'espace, ses moteurs bourdonnant de détermination. À l'intérieur du centre de commandement, l'équipage s'était rassemblé autour de la console centrale, leurs visages illuminés par la douce lueur des écrans holographiques.

Le capitaine Elena Rodriguez se tenait à la barre, les yeux fixés sur l'orbe cristallin qu'ils avaient récupéré dans les ruines antiques.

« Ça y est, dit Elena d'une voix ferme mais pleine d'impatience. La dernière pièce du puzzle. »

Le Dr Anika Patel hocha la tête, ses doigts dansant sur les commandes. « J'ai intégré l'orbe à la clé cosmique. Elle devrait révéler l'emplacement de l'artefact et son véritable but. »

L'équipage a regardé en silence l'écran holographique se transformer, projetant une carte stellaire en trois dimensions. Au centre de la carte, un seul point brillait d'une lumière intense, marquant l'emplacement de l'ancien artefact.

« Le voilà », murmura Anika, les yeux écarquillés d'admiration. « L'artefact se trouve au cœur de la galaxie d'Andromède. »

Le lieutenant Harris se pencha, son expression mêlant excitation et prudence. « C'est en plein territoire du Syndicat. Nous devrons être prudents. »

L'esprit d'Elena s'emballa. L'artefact avait le pouvoir de manipuler l'espace-temps, un pouvoir qui pouvait changer le cours de l'histoire. Mais entre de mauvaises mains, il pouvait être synonyme de désastre.

« Nous devons y arriver avant le Syndicat », dit Elena d'une voix résolue. « Harris, mets le cap sur la galaxie d'Andromède. Anika, prépare la clé pour l'activation. »

Alors que l'équipage se préparait pour la dernière étape de leur voyage, Elena s'autorisa un moment de réflexion. Ils avaient parcouru un long chemin, surmonté d'innombrables défis et trahisons. Ils étaient désormais sur le point de découvrir quelque chose qui pourrait changer le destin de la galaxie.

L' *Odyssée* s'élançait, ses moteurs rugissaient et accélérait vers sa destination. La détermination de l'équipage était palpable, chaque membre concentré sur sa tâche, uni par sa mission commune.

Les heures passèrent et la tension s'accrut au centre de commandement. La galaxie d'Andromède se profilait devant eux, ses bras tourbillonnants remplis d'étoiles et de mystères. À mesure qu'ils approchaient des coordonnées, l'impatience de l'équipage atteignit son paroxysme.

« Nous y sommes, » annonça Harris d'une voix ferme. « L'artefact devrait être juste devant. »

Les yeux d'Elena se fixèrent sur l'écran, son cœur battant d'impatience. « Anika, active la clé. »

Anika hocha la tête et activa la clé cosmique. L'orbe pulsa d'une lumière brillante et un rayon d'énergie jaillit, illuminant une structure cachée nichée au cœur de la galaxie.

« Le voilà, dit Anika, la voix emplie d'admiration. L'artefact. »

L'équipage observa en silence la structure apparaître. C'était un temple antique et massif, dont les murs étaient ornés de sculptures et de symboles complexes. L'énergie qui s'en dégageait était presque palpable, témoignant de son immense pouvoir.

« Nous devons sécuriser l'artefact avant l'arrivée du Syndicat », dit Elena d'une voix résolue. « Préparez-vous à l'atterrissage. »

L'*Odyssée* descendit vers le temple, son train d'atterrissage se posant sur la pierre antique. L'équipage débarqua, leurs armes prêtes, leurs yeux scrutant le moindre signe du Syndicat.

Alors qu'ils s'approchaient de l'entrée du temple, le sol trembla et un grondement sourd résonna dans l'air. L'équipage échangea des regards méfiants, leurs sens aiguisés par la menace omniprésente.

« Restez vigilants », prévint Elena. « Nous ne savons pas à quoi nous avons affaire. »

À l'intérieur du temple, l'air était chargé d'énergie et les murs brillaient d'une lumière douce et éthérée. Au centre de la pièce se trouvait l'artefact, une structure cristalline massive qui pulsait d'une lumière envoûtante.

« Nous l'avons trouvé, murmura Anika, les yeux écarquillés d'admiration. L'artefact. »

Elena s'avança, le cœur battant d'impatience. « Ça y est. Le point culminant de notre voyage. »

Alors que l'équipage se rassemblait autour de l'artefact, ils éprouvèrent un sentiment de crainte et de révérence. Le pouvoir qu'il contenait était immense, une force capable de remodeler la structure même de la réalité.

« Nous devons le sécuriser et le ramener au vaisseau », dit Elena d'une voix ferme. « Mais nous devons être prudents. Le Syndicat pourrait arriver à tout moment. »

L'équipage a travaillé rapidement, leurs mouvements coordonnés et précis. Tandis qu'ils récupéraient l'artefact, Elena ressentit un élan de fierté et de détermination. Ils avaient surmonté tous les défis et détenaient désormais la clé de l'avenir entre leurs mains.

L' *Odyssée* poursuivait sa route, son équipage uni par sa mission commune et prêt à affronter tous les défis qui l'attendaient. La clé cosmique les avait conduits au prix ultime, et ils ne reculeraient devant rien pour percer ses secrets et protéger la galaxie de ceux qui cherchaient à abuser de son pouvoir.

CHAPTER 12

Chapitre 12 : Le dernier horizon

L' arrivée

L' *Odyssée* émergea de l'hyperespace, sa coque élancée glissant vers une région de l'espace comme ils n'en avaient jamais rencontré auparavant. Les étoiles semblaient scintiller d'une lumière surnaturelle et d'étranges nébuleuses tourbillonnantes peignaient le vide de couleurs vibrantes. La capitaine Elena Rodriguez se tenait à la barre, les yeux écarquillés d'émerveillement alors qu'elle admirait la vue à couper le souffle.

« Nous sommes arrivés aux coordonnées indiquées », annonça le lieutenant Harris, la voix empreinte d'admiration. « Cet endroit... c'est incroyable. »

Le Dr Anika Patel hocha la tête, ses doigts dansant sur les commandes tandis qu'elle scrutait la zone. « Je détecte des relevés énergétiques inhabituels. Cette région est remplie de phénomènes que nous n'avons jamais vus auparavant. »

Le regard d'Elena parcourut l'écran holographique, qui montrait une carte de leur environnement. « Procédons avec prudence. Nous ne savons pas à quoi nous avons affaire. »

L'équipage avançait avec détermination, son enthousiasme étant tempéré par les dangers inconnus qui l'attendaient. Alors que l'*Odyssée* s'aventurait plus profondément dans cette région inexplorée, ils rencontrèrent des corps célestes qui défiaient toute explication : des planètes aux anneaux lumineux, des étoiles qui pulsaient d'une énergie rythmique et de vastes champs de particules scintillantes qui dansaient comme des lucioles dans l'obscurité.

« Capitaine, regardez ça », dit Harris en désignant un amas d'étoiles qui semblait former un motif géométrique parfait. « Je n'ai jamais rien vu de tel. »

Les yeux d'Elena se plissèrent tandis qu'elle étudiait l'affichage. « C'est presque comme si quelqu'un – ou quelque chose – les avait disposés délibérément. »

Anika fronça les sourcils tandis qu'elle analysait les données. « Ces champs énergétiques sont extrêmement instables. Nous devons faire attention à ne pas les perturber. »

Alors qu'ils naviguaient au milieu de ces phénomènes étranges, un sentiment de malaise s'empara de l'équipage. L'air était chargé de tension et chaque ombre semblait cacher une menace potentielle.

« Capitaine, j'ai une impression étrange », dit Anika, la voix teintée d'inquiétude. « J'ai l'impression... qu'on nous surveille. »

Le cœur d'Elena fit un bond. « Observée ? Par quoi ? »

Anika secoua la tête. « Je n'arrive pas à le localiser. C'est comme une présence, mais il n'y a pas de source claire. »

Les pensées d'Elena s'emballèrent. Ils avaient rencontré de nombreux dangers au cours de leur voyage, mais celui-ci leur semblait différent, plus insidieux. « Restez vigilants, tout le monde. Nous ne savons pas à quoi nous avons affaire. »

Alors qu'ils poursuivaient leur exploration, les capteurs de *l'Odyssée* détectèrent une structure massive cachée dans une nébuleuse dense. L'équipage échangea des regards circonspects, leur curiosité piquée au vif mais tempérée par la prudence.

« Regardons ça de plus près », dit Elena d'une voix ferme. « Mais sois prête à tout. »

L' *Odyssée* s'approcha de la structure, dont la coque scintillait sous la lumière réfléchie par la nébuleuse. À mesure qu'ils s'approchaient, les détails de la structure devenaient plus clairs : il s'agissait d'une ancienne station spatiale, dont la surface était couverte de sculptures et de symboles complexes.

« Cet endroit est incroyable », a déclaré Harris, les yeux écarquillés d'émerveillement. « Celui qui a construit ça devait être incroyablement avancé. »

Elena hocha la tête, son esprit s'emplissant de possibilités. « Amarrons-nous et enquêtons. Mais restons en état d'alerte. Nous ne savons pas ce que nous pourrions trouver. »

L'équipage se préparait à monter à bord de la station spatiale, le cœur battant à tout rompre, dans un mélange d'excitation et d'inquiétude. Les mystères de cette région inexplorée commençaient à se dévoiler, et ils savaient que les réponses qu'ils cherchaient étaient à leur portée.

Alors que l' *Odyssée* accostait à l'ancienne station, Elena prit une profonde inspiration, se préparant à ce qui l'attendait. Le voyage les avait amenés aux confins de l'univers connu, et maintenant, ils étaient sur le point de découvrir les secrets du dernier horizon.

La rencontre

L' *Odyssée* glissait silencieusement à travers la nébuleuse dense, ses capteurs sondant les nuages tourbillonnants de gaz et de poussière. L'équipage était en état d'alerte maximale, leurs yeux scrutant les écrans de visualisation à la recherche du moindre signe de danger. Le capitaine Elena Rodriguez se tenait à la barre, son regard fixé sur la mystérieuse structure qui était apparue sur leurs capteurs.

« La voilà », dit le lieutenant Harris en désignant l'écran de visualisation. « Une structure massive, cachée dans la nébuleuse. »

Les yeux d'Elena se plissèrent tandis qu'elle étudiait l'image. La structure était énorme, sa surface couverte de sculptures et de symboles complexes. Elle semblait ancienne, comme si elle avait dérivé dans la nébuleuse pendant des millénaires.

« Regardons ça de plus près », dit Elena d'une voix ferme. « Mais sois prête à tout. »

L' *Odyssée* s'approcha de la structure avec précaution, ses moteurs ronronnant doucement. À mesure qu'ils s'approchaient, les détails de la structure devenaient plus clairs. Il s'agissait d'une ancienne station spatiale, abandonnée depuis longtemps et enveloppée de mystère.

« Capitaine, je relève de faibles mesures d'énergie à l'intérieur de la station », a rapporté le Dr Anika Patel. « Il semble que certains systèmes soient encore opérationnels. »

L'esprit d'Elena s'emballa. « Amarrons-nous et enquêtons. Mais restons en état d'alerte. Nous ne savons pas ce que nous pourrions trouver. »

L'équipage se préparait à monter à bord de la station spatiale, le cœur battant à tout rompre, avec un mélange d'excitation et d'inquiétude. Lorsqu'ils posèrent le pied sur la surface de la station, l'air était chargé d'une odeur de métal ancien et de poussière. Les couloirs étaient faiblement éclairés, les murs ornés de symboles et de gravures décolorés.

« Cet endroit est incroyable », a déclaré Harris, sa voix résonnant dans le silence. « Celui qui a construit ça devait être incroyablement avancé. »

Elena hocha la tête, ses yeux scrutant les alentours. « Découvrons ce qu'ils manigançaient. Anika, vois si tu peux accéder aux systèmes de la station. »

Anika se dirigea vers une console voisine, ses doigts dansant sur les commandes. « J'y suis. Les journaux de la station sont fragmentés, mais je peux rassembler certaines données. »

Pendant qu'Anika travaillait, l'équipage explorait la station, leurs pas résonnant dans les couloirs vides. Ils trouvèrent des traces d'une civilisation autrefois florissante : des quartiers d'habitation abandonnés, des laboratoires remplis d'équipements anciens et de vastes salles qui laissaient entrevoir de grandes expériences.

« Capitaine, vous devez voir ça », cria Anika, sa voix remplie d'urgence.

Elena se précipita vers la console, les yeux écarquillés alors qu'elle lisait les données. « Ces journaux... ils mentionnent l'artefact. Il a été créé par les habitants de la station comme moyen de contrôler l'espace-temps. »

Les yeux de Harris s'écarquillèrent. « Contrôler l'espace-temps ? C'est incroyable. »

L'esprit d'Elena s'emballa. Les créateurs de l'artefact avaient prévu qu'il soit un outil d'exploration et de découverte, mais son pouvoir avait attiré l'attention de ceux qui cherchaient à l'utiliser à leur propre profit.

« Nous devons sécuriser l'artefact et sortir d'ici », dit Elena d'une voix résolue. « Mais nous devons être prudents. Le Syndicat pourrait nous suivre de près. »

Comme prévu, les capteurs de la station détectèrent l'arrivée de plusieurs vaisseaux. Le cœur de l'équipage se serra lorsque l'écran afficha la silhouette caractéristique des vaisseaux du Syndicat.

« Ils sont là », dit Harris d'une voix grave. « Il faut agir vite. »

Les yeux d'Elena brillèrent de détermination. « Préparez-vous à une confrontation. Nous ne pouvons pas les laisser prendre l'artefact. »

L'équipage s'est déplacé rapidement, ses mouvements étant coordonnés et précis. Ils savaient que le Syndicat ne reculerait devant rien pour s'emparer de l'artefact, et ils étaient prêts à se battre pour le protéger.

Alors que les vaisseaux du Syndicat s'amarraient à la station, une confrontation tendue s'ensuivit. L'air était chargé de tension, chaque camp attendant que l'autre fasse le premier pas.

« Capitaine Rodriguez, » grésilla une voix dans le système de communication. « Ici le commandant Voss du Syndicat. Rendez-nous l'artefact et nous vous épargnerons la vie. »

Les yeux d'Elena se plissèrent. « Nous ne négocions pas avec les terroristes, Voss. L'artefact reste avec nous. »

Un rire froid résonna dans le système de communication. « Très bien. Préparez-vous à l'abordage. »

L'équipage se prépara à la confrontation imminente, le cœur battant d'impatience. Ils savaient que la bataille à venir serait féroce, mais ils étaient prêts à se battre pour l'artefact et l'avenir de la galaxie.

L' *Odyssée* et le Syndicat étaient sur le point de s'affronter pour déterminer le sort de l'ancien artefact. L'horizon ultime était à leur portée et ils ne reculeraient devant rien pour en percer les secrets.

La Révélation

Le centre de commandement de *l'Odyssée* était en pleine effervescence. L'équipage était en état d'alerte maximale, leurs yeux se déplaçant entre les écrans de visualisation et leurs instruments. Le capitaine Elena Rodriguez se tenait à la barre, son regard fixé sur l'ancienne station spatiale qui se dressait devant eux. Les vaisseaux du Syndicat s'étaient amarrés et l'air était lourd de l'anticipation d'un conflit.

« Capitaine, le Syndicat nous appelle à nouveau », rapporta le lieutenant Harris, la voix tendue.

Les yeux d'Elena se plissèrent. « Fais-les passer. »

L'écran s'alluma, révélant le visage sévère du commandant Voss. Ses yeux brillaient d'une froide détermination. « Capitaine Rodriguez, c'est votre dernière chance. Rendez l'artefact, ou nous le prendrons de force. »

La mâchoire d'Elena se serra. « Nous ne négocions pas avec les terroristes, Voss. L'artefact reste avec nous. »

Les lèvres de Voss se retroussèrent en un ricanement. « Très bien. Préparez-vous à l'abordage. »

La connexion fut coupée et l'équipage se prépara à la confrontation imminente. Mais avant que le Syndicat ne puisse agir, une étrange impulsion d'énergie se propagea dans la station, provoquant le scintillement des lumières et le bourdonnement des murs.

« Que se passe-t-il ? » s'exclama Anika, les yeux écarquillés d'inquiétude.

L'esprit d'Elena s'emballa. « Ce doit être l'artefact. Il réagit à quelque chose. »

Alors que l'impulsion d'énergie s'atténuait, l'écran de visualisation afficha une nouvelle image : une chambre cachée au plus profond de la station, remplie de machines anciennes et de symboles lumineux. Au centre de la chambre se trouvait l'artefact, sa surface cristalline pulsant d'une lumière envoûtante.

« Nous devons nous rendre dans cette pièce », dit Elena d'une voix résolue. « C'est la clé qui nous permettra de découvrir les secrets de l'artefact. »

L'équipage se déplaça rapidement, parcourant les couloirs labyrinthiques de la station. Alors qu'ils s'approchaient de la chambre, ils rencontrèrent un groupe de soldats du Syndicat, leurs armes dégainées.

« Arrêtez le feu ! » cria Elena en levant les mains dans un geste de paix. « Nous devons travailler ensemble si nous voulons percer les secrets de l'artefact. »

Les soldats du Syndicat hésitèrent, leurs yeux se tournant vers leur commandant. Voss s'avança, l'air méfiant mais intrigué. « Que proposez-vous, capitaine ? »

Elena prit une profonde inspiration. « Une trêve temporaire. Nous mettons en commun nos connaissances et nos ressources pour déverrouiller l'artefact. Une fois que nous aurons compris son véritable but, nous pourrons décider de ce que nous allons en faire. »

Voss plissa les yeux, mais hocha lentement la tête. « D'accord. Mais sache ceci, Rodriguez : si tu essayes de nous trahir, il n'y aura aucune pitié. »

Les deux groupes pénétrèrent dans la pièce, leur méfiance palpable mais tempérée par l'objectif commun. L'ancienne machinerie bourdonnait de puissance et l'air était chargé d'une odeur d'ozone et de métal ancien.

« Anika, commence l'analyse, ordonna Elena. Harris, surveille le Syndicat. Nous ne pouvons pas nous permettre de mauvaises surprises. »

Tandis qu'Anika s'efforçait de déchiffrer les symboles et d'activer la machine, la tension dans la pièce était palpable. Les soldats du Syndicat observaient avec méfiance, leurs doigts tremblant sur leurs armes.

« Capitaine, je crois que j'ai trouvé », dit Anika, la voix pleine d'excitation. « L'artefact est une passerelle, un moyen d'accéder à une dimension cachée où les créateurs ont stocké leur savoir et leur pouvoir. »

Les yeux d'Elena s'écarquillèrent. « Une dimension cachée ? C'est incroyable. »

Voss s'avança, les yeux brillants d'avidité. « Alors ouvrons-la. Le pouvoir qu'elle contient pourrait remodeler la galaxie. »

Anika hésita, ses doigts planant au-dessus des commandes. « Capitaine, êtes-vous sûr de cela ? Une fois que nous aurons ouvert la porte, on ne sait pas ce qui pourrait arriver. »

L'esprit d'Elena s'emballa. Le pouvoir de l'artefact était immense, et le potentiel de découverte et de destruction était stupéfiant. Mais ils étaient allés trop loin pour faire marche arrière maintenant.

« Fais-le, dit Elena d'une voix ferme. Mais sois prête à tout. »

Anika activa la machinerie et l'artefact pulsa d'une lumière brillante. L'air crépita d'énergie et un vortex tourbillonnant commença à se former au centre de la chambre.

Soudain, les soldats du Syndicat passèrent à l'action, leurs armes pointées sur l' équipage *de l'Odyssey* . « Saisissez l'artefact ! » cria Voss.

Une confrontation féroce éclata, l'air se remplit du bruit des tirs de blaster et des ordres hurlés. L'équipage se battait désespérément pour protéger l'artefact, leurs cœurs battant à tout rompre sous l'urgence de la bataille.

Au fur et à mesure que le vortex grandissait, la chambre était baignée d'une lumière surnaturelle. Les secrets de l'artefact étaient à leur portée, mais le prix à payer pour les découvrir était plus élevé qu'ils ne l'avaient jamais imaginé.

La bataille

L'ancienne chambre de la station spatiale était un tourbillon d'énergie et de tension. L'artefact émettait une lumière brillante, projetant des ombres étranges sur les murs. Le capitaine Elena Rodriguez et son équipage se tenaient prêts, leurs armes dégainées, tandis que les soldats du Syndicat se rapprochaient.

« Tiens bon ! » cria Elena, sa voix tranchant le chaos. « Nous ne pouvons pas les laisser prendre l'artefact ! »

L'air crépitait au son des tirs de blaster alors que les deux camps s'affrontaient. L' équipage *de l'Odyssey* combattait avec détermination, leurs mouvements étant coordonnés et précis. Le lieutenant Harris et le Dr Anika Patel se sont mis à couvert derrière un pilier tombé, ripostant avec une précision mortelle.

« Anika, nous devons protéger l'artefact ! » s'écria Harris, la voix tendue.

Anika hocha la tête, les yeux fixés sur le vortex tourbillonnant au centre de la chambre. « Je m'en occupe ! »

Alors que la bataille faisait rage, les pensées d'Elena s'emballaient. Ils étaient en infériorité numérique, mais ils avaient l'avantage de connaître l'agencement de la station. Elle devait utiliser cela à leur avantage.

« Replions-nous dans la chambre secondaire ! » ordonna Elena. « Nous y ferons face ! »

L'équipage se déplaça comme un seul homme, se retirant par un passage étroit qui menait à une salle plus petite et plus défendable. Les soldats du Syndicat les poursuivirent, leurs armes flamboyantes.

« Scellez l'entrée ! » ordonna Elena.

Harris activa les commandes antiques et une lourde porte de pierre s'ouvrit, bloquant l'avancée du Syndicat. L'équipage prit un moment pour reprendre son souffle, le cœur battant sous l'intensité de la bataille.

« Nous ne pouvons pas les retenir éternellement », dit Anika, la voix pleine d'urgence. « Nous devons trouver un moyen de neutraliser le pouvoir de l'artefact avant qu'ils ne pénètrent dans la zone. »

L'esprit d'Elena s'emballa. L'artefact était une source de pouvoir immense, mais c'était aussi leur plus grande vulnérabilité. Ils devaient trouver un moyen de le contrôler.

« Anika, peux-tu utiliser l'artefact pour créer une barrière défensive ? » demanda Elena, les yeux brillants de détermination.

Les yeux d'Anika s'écarquillèrent. « C'est risqué, mais ça pourrait marcher. J'aurai besoin de quelques minutes. »

« Fais-le, dit Elena. Harris, couvre-la. »

Tandis qu'Anika s'efforçait de manipuler l'énergie de l'artefact, les soldats du Syndicat commencèrent à ouvrir la porte. L'air était lourd de tension, chaque seconde semblait durer une éternité.

« On y est presque », marmonna Anika, ses doigts dansant sur les commandes.

La porte trembla lorsque les soldats du Syndicat l'ouvrirent de force. Elena et Harris tirèrent sans relâche pour tenter de les retenir.

« Maintenant, Anika ! » cria Elena.

Anika activa l'artefact et une barrière d'énergie scintillante enveloppa la pièce. Les soldats du Syndicat reculèrent, leurs armes étant inutiles face au bouclier impénétrable.

« Nous avons réussi », dit Anika, la voix pleine de soulagement. « La barrière devrait tenir pour l'instant. »

Elena se permit un moment de soulagement, mais elle savait que la bataille était loin d'être terminée. Le Syndicat finirait par trouver un moyen de franchir la barrière, et ils devaient être prêts.

« Nous devons sécuriser l'artefact et sortir d'ici », dit Elena d'une voix résolue. « Mais nous ne pouvons pas laisser au Syndicat la moindre chance de le récupérer. »

Harris hocha la tête. « Nous pourrions surcharger le noyau d'alimentation de la station. Cela détruirait l'artefact et la station, mais cela éliminerait également le Syndicat. »

Le cœur d'Elena se serra à l'idée de détruire l'artefact, mais elle savait que c'était leur seule option. « Fais-le. Mets le noyau en surcharge et partons d'ici. »

Alors que Harris s'efforçait de surcharger le cœur électrique de la station, l'équipage se préparait à s'échapper. La barrière vacilla et les soldats du Syndicat recommencèrent à avancer.

« Bouge, bouge, bouge ! » cria Elena, ouvrant la voie à travers les passages étroits.

L'équipage s'est précipité à travers la station, les murs tremblant sous l'effet de l'explosion imminente. Alors qu'ils atteignaient la baie d'amarrage, les moteurs de *l'Odyssey* ont rugi, prêts à les mettre en sécurité.

« Allez, allez, allez ! » exhorta Elena, le cœur battant.

L'équipage embarqua à bord de l'*Odyssée* et le vaisseau décolla, s'éloignant à toute vitesse de la station condamnée. Alors qu'ils observaient à distance de sécurité, la station explosa dans une explosion brillante, la puissance de l'artefact étant consumée par l'explosion.

Le cœur d'Elena était lourd sous le poids de leur sacrifice, mais elle savait qu'ils avaient fait le bon choix. Le pouvoir de l'artefact était trop grand pour être laissé entre de mauvaises mains.

L'*Odyssée* poursuivait sa route, son équipage uni par sa mission commune et prêt à affronter tous les défis qui l'attendaient. La bataille avait été gagnée, mais le voyage était loin d'être terminé. L'horizon ultime s'offrait à eux et ils ne reculeraient devant rien pour en percer les secrets.

Les conséquences

L'*Odyssée* dérivait silencieusement dans l'immensité de l'espace, les vestiges de l'ancienne station spatiale luisant faiblement au loin. À l'intérieur du vaisseau, l'équipage s'était rassemblé dans le centre de commandement, leurs visages illuminés par la douce lueur des écrans holographiques. La bataille était terminée, mais le poids de leur voyage et des sacrifices consentis en cours de route pesait lourd dans l'air.

La capitaine Elena Rodriguez se tenait à la barre, les yeux fixés sur l'artefact cristallin qui reposait désormais en toute sécurité dans un champ de confinement. L'artefact émettait une douce lumière, son immense pouvoir contenu mais toujours présent.

« Nous avons réussi », a déclaré le lieutenant Harris, la voix emplie d'un mélange de soulagement et d'épuisement. « L'artefact est en sécurité. »

Le Dr Anika Patel hocha la tête, ses yeux reflétant la même lassitude. « Mais à quel prix ? Nous avons tant perdu. »

Le cœur d'Elena se serra en pensant aux membres de l'équipage qui avaient fait le sacrifice ultime pour protéger l'artefact. Leur courage et leur dévouement avaient assuré le succès de la mission, mais leur absence laissait un vide qui ne pourrait jamais être comblé.

« Nous devons honorer leur mémoire en veillant à ce que cet artefact soit utilisé pour le bien commun », a déclaré Elena, la voix ferme mais pleine d'émotion. « Nous ne pouvons pas le laisser tomber entre de mauvaises mains. »

L'équipage acquiesça, sa détermination renforcée par les paroles du capitaine. Ils étaient venus de trop loin et avaient sacrifié trop de choses pour laisser leur mission être vaine.

Alors qu'ils se préparaient à mettre le cap vers leur prochaine destination, Elena prit un moment pour réfléchir à leur voyage. Ils avaient fait face à d'innombrables défis, de la trahison de l'un des leurs aux batailles acharnées contre le Syndicat. Mais malgré tout cela, ils étaient restés unis, animés par un objectif commun et un lien indestructible.

« Nous avons traversé beaucoup d'épreuves », dit Elena d'une voix douce mais résolue. « Mais nous sommes aussi devenues plus fortes. Nous avons appris à nous faire confiance, à compter les unes sur les autres. Et c'est ce qui nous permettra d'avancer. »

Anika s'avança, les yeux emplis de détermination. « L'artefact a le potentiel de remodeler la galaxie. Nous devons nous assurer qu'il est utilisé à bon escient. »

Elena hocha la tête. « D'accord. Nous allons le confier au Conseil Galactique. Ils ont les ressources et la sagesse nécessaires pour le protéger. »

Alors que l'équipage mettait le cap sur le siège du Conseil Galactique, un sentiment d'espoir et d'impatience les envahissait. Le voyage à venir serait rempli de nouveaux défis et d'aventures, mais ils étaient prêts à les affronter ensemble.

L' *Odyssée* poursuivit sa route, son équipage uni par sa mission commune et renforcé par les liens qu'ils avaient forgés. Le pouvoir de l'artefact était immense, mais ils savaient qu'un grand pouvoir impliquait de grandes responsabilités. Ils étaient déterminés à l'utiliser pour le bien commun, pour protéger la galaxie et assurer un avenir meilleur à tous.

Alors que les étoiles s'étendaient devant eux, Elena s'autorisa un moment de réflexion silencieuse. Le voyage avait été long et ardu, mais il avait aussi été rempli de moments de triomphe et de découverte. Et alors qu'ils s'aventuraient dans l'inconnu, elle savait que la véritable aventure ne faisait que commencer.

L'horizon s'est dessiné et l'équipage de l' *Odyssée* était prêt à affronter tout ce qui l'attendait. Ensemble, ils allaient percer les secrets du cosmos et tracer la voie vers un avenir meilleur.

Épilogue

Le retour

L'*Odyssée* émergea de l'hyperespace, sa coque élancée étincelant sur le siège du Conseil Galactique en arrière-plan. L'immense station spatiale, symbole d'unité et de progrès, se dressait devant elle, ses lumières scintillant comme des étoiles. À l'intérieur du vaisseau, l'équipage était en effervescence, à la fois impatient et soulagé. Ils étaient de retour.

La capitaine Elena Rodriguez se tenait à la barre, les yeux fixés sur l'écran. « Nous sommes arrivés », annonça-t-elle d'une voix ferme mais pleine d'émotion. « Préparez-vous à l'accostage. »

Le lieutenant Harris guidait le vaisseau avec une précision éprouvée, les pinces d'amarrage s'enclenchant avec un clic satisfaisant. L'équipage échangea des regards, leurs visages reflétant un mélange d'épuisement et de triomphe. Ils avaient accompli leur mission, et il était maintenant temps de retourner dans le monde qu'ils avaient tant lutté pour protéger.

Alors que le sas s'ouvrait en sifflant, une vague d'odeurs et de sons familiers les submergea. L'équipage entra dans la station, leurs bottes claquant sur le sol métallique. Ils furent accueillis par une foule de sympathisants : des amis, des membres de la famille et des collègues officiers qui s'étaient rassemblés pour leur souhaiter la bienvenue.

« Elena ! » cria une voix.

Elena se retourna et vit sa sœur, Maria, se frayer un chemin à travers la foule. Des larmes coulaient sur le visage de Maria alors qu'elle étreignait Elena, la serrant fort. « J'étais si inquiète », murmura Maria. « Je suis si heureuse que tu sois en sécurité. »

Elena serra sa sœur dans ses bras, les yeux embués. « Nous avons réussi, Maria. Nous avons réussi. »

Le reste de l'équipage était tout aussi ému par ces retrouvailles. Le Dr Anika Patel était prise dans les bras de son mari et de sa petite fille, leurs visages rayonnants de joie. Le lieutenant Harris fut accueilli par ses parents, dont la fierté se reflétait dans leurs sourires radieux.

Alors que la vague initiale de retrouvailles s'apaisait, l'équipage se rassembla dans le grand hall de la station, où les attendait le Conseil Galactique. Les membres du conseil, vêtus de leurs robes de cérémonie, se tenaient en demi-cercle, leurs expressions solennelles mais reconnaissantes.

« Capitaine Rodriguez, lieutenant Harris, Dr Patel et l'équipage de l' *Odyssée* », commença la conseillère Thalia, sa voix résonnant dans la salle. « Vous avez accompli une mission d'une importance immense. Votre courage et votre dévouement ont préservé l'avenir de notre galaxie. »

Elena s'avança, le cœur gonflé de fierté. « Merci, conseillère Thalia. Nous n'aurions pas pu y arriver sans le soutien de tous ici. »

Les membres du conseil hochèrent la tête en signe d'approbation, leurs visages reflétant la gravité du moment. « Nous comprenons que le voyage a été semé d'embûches et de sacrifices », poursuivit la conseillère Thalia. « Mais vos actions ont permis de garantir que l'artefact reste entre de bonnes mains. »

À la fin de la cérémonie, l'équipage a eu le temps de réfléchir à son périple. Ils ont affronté d'innombrables dangers, du traître Syndicat aux mystères de la clé cosmique. Ils ont perdu des amis et des camarades, mais leurs sacrifices n'ont pas été vains.

Elena regarda son équipage autour d'elle, le cœur rempli de gratitude. « Nous avons traversé tant d'épreuves ensemble », dit-elle d'une voix ferme. « Mais nous en sommes ressortis plus forts. Et maintenant, nous pouvons enfin nous reposer. »

L'équipage hocha la tête, leurs visages reflétant un sentiment partagé d'accomplissement. Ils avaient accompli leur mission, mais leur voyage était loin d'être terminé. De nouveaux défis et de nouvelles aventures les attendaient, mais pour l'instant, ils pouvaient se consoler en sachant qu'ils avaient fait une différence.

Alors que l'*Odyssée* se préparait pour sa prochaine mission, l'équipage savait qu'il était prêt à affronter tout ce qui l'attendait. Ils étaient rentrés chez eux en héros et leur héritage inspirerait les générations futures à viser les étoiles.

La décision

Le grand hall du siège du Conseil Galactique était empli d'un sentiment palpable d'impatience. L'équipage de l'*Odyssée* se tenait devant les membres du conseil, leurs visages reflétant la gravité du moment. La capitaine Elena Rodriguez sentit le poids de leur voyage peser sur ses épaules alors qu'elle se préparait à s'adresser au conseil.

« Capitaine Rodriguez, lieutenant Harris, Dr Patel et l'équipage de l'*Odyssée* », commença la conseillère Thalia, sa voix résonnant dans le hall. « Vous êtes revenus avec l'artefact, une source de pouvoir et de potentiel immenses. Nous devons maintenant décider comment assumer cette responsabilité. »

Elena s'avança, le cœur battant. « Conseillère Thalia, membres du conseil, cet artefact a le pouvoir de manipuler l'espace-temps. C'est un outil au potentiel incroyable, mais aussi très dangereux. Nous devons nous assurer qu'il soit utilisé pour le bien commun. »

Un murmure d'approbation parcourut le conseil, mais des voix dissidentes se firent entendre. Le conseiller Darius, un homme au visage sévère et aux yeux perçants, se leva. « Capitaine Rodriguez, bien que vos intentions soient nobles, le pouvoir de l'artefact est trop grand pour être confié à un seul groupe. Il pourrait être utilisé comme arme, ce qui aurait des conséquences catastrophiques. »

Les yeux d'Elena croisèrent ceux de Darius, sa détermination inébranlable. « Conseiller Darius, je comprends vos inquiétudes. C'est pourquoi je propose que l'artefact soit protégé par une coalition des scientifiques et des dirigeants les plus fiables de la galaxie. Nous pouvons établir une installation sécurisée où l'artefact pourra être étudié et son potentiel exploité au profit de tous. »

Le silence se fit dans la salle tandis que les membres du conseil examinaient la proposition d'Elena. La conseillère Thalia hocha la tête d'un air pensif. « Le plan du capitaine Rodriguez est valable. En impliquant un groupe d'experts diversifié, nous pouvons garantir que l'artefact sera utilisé de manière responsable et éthique. »

Le conseiller Darius restait sceptique. « Et si cette coalition échouait ? Et si l'artefact tombait entre de mauvaises mains ? »

Elena inspira profondément, la voix ferme. « Nous allons mettre en place des mesures de sécurité et des protocoles stricts pour éviter que cela se produise. L'artefact sera sous surveillance constante et l'accès sera limité à ceux qui ont l'autorisation la plus élevée. »

Le débat se poursuivit, les membres du conseil exprimant leurs opinions et leurs préoccupations. L'équipage de l'*Odyssée* observa avec anxiété, sachant que l'issue de cette discussion façonnerait l'avenir de la galaxie.

Finalement, la conseillère Thalia leva la main, demandant le silence. « Nous avons entendu les arguments, et il est clair que le pouvoir de l'artefact doit être manipulé avec la plus grande prudence. Je propose que nous votions sur le plan du capitaine Rodriguez. »

Les membres du conseil ont voté et la tension était palpable dans la salle. Après ce qui a semblé une éternité, la conseillère Thalia a annoncé les résultats. « Le conseil a décidé d'accepter la proposition du capitaine Rodriguez. L'artefact sera protégé par une coalition d'experts et des mesures seront mises en place pour garantir son utilisation responsable. »

Une vague de soulagement envahit Elena et son équipage. Ils avaient réussi leur mission et disposaient désormais d'un plan pour protéger l'artefact et exploiter son potentiel pour le bien commun.

À la fin de la session du conseil, Elena se tourna vers son équipage, le cœur rempli de fierté et de gratitude. « Nous avons réussi. Nous avons fait en sorte que l'artefact soit utilisé pour le bien de la galaxie, et non pour lui nuire. »

Le Dr Anika Patel sourit, les yeux brillants de détermination. « Et nous avons montré que même les plus grands défis peuvent être surmontés lorsque nous travaillons ensemble. »

Le lieutenant Harris hocha la tête. « Ce n'est que le début. Il reste encore tant de mystères à découvrir, tant d'aventures à venir. »

Le cœur d'Elena se gonfla d'espoir. Le voyage avait été long et ardu, mais ils en étaient ressortis plus forts et plus unis que jamais. Alors qu'ils se préparaient à se lancer dans leur prochaine mission, ils savaient que l'avenir était rempli de possibilités infinies.

L' *Odyssée* poursuivait sa route, son équipage prêt à affronter tous les défis qui l'attendaient. Ils avaient fait la différence et continueraient à le faire, guidés par les leçons apprises et les liens qu'ils avaient tissés. Le dernier horizon n'était que le début de leur voyage.

L'adieu

Le grand hall du siège du Conseil Galactique était empli d'une atmosphère douce-amère. L'équipage de l' *Odyssée* avait accompli sa mission, et il était désormais temps de faire ses adieux. Le capitaine Elena Rodriguez se tenait au centre de la pièce, le cœur lourd du poids du moment.

« Nous avons traversé tant de choses ensemble », commença Elena, la voix ferme mais teintée d'émotion. « Nous avons affronté des dangers, fait des sacrifices et accompli des choses incroyables. Mais maintenant, il est temps pour nous de nous séparer. »

Le Dr Anika Patel s'est avancée, les yeux brillants de larmes retenues. « Ce voyage nous a tous changés. Nous sommes devenus plus forts, plus sages et plus unis. Je n'oublierai jamais les liens que nous avons forgés. »

Le lieutenant Harris hocha la tête, l'air sombre. « Nous sommes devenus une famille. Et comme toute famille, nous serons toujours là les uns pour les autres, peu importe où nos chemins nous mènent. »

Les membres de l'équipage ont échangé des accolades chaleureuses, leurs adieux étant remplis de promesses de rester en contact et de se soutenir mutuellement dans leurs projets futurs. La salle était remplie d'un mélange de rires et de larmes, tandis qu'ils se remémoraient leurs expériences communes et attendaient avec impatience les aventures qui les attendaient.

Elena se tourna vers Anika, les yeux emplis de gratitude. « Tu as été le cœur de cette mission, Anika. Ton intelligence et ta détermination nous ont guidés dans les moments les plus sombres. »

Anika sourit, les yeux brillants de fierté. « Et tu as été notre chef, Elena. Ta force et ton courage nous ont tous inspirés. »

Harris s'avança, la voix pleine d'émotion. « Capitaine, ce fut un honneur de servir à vos côtés. Je sais que nos chemins se croiseront à nouveau. »

Elena hocha la tête, le cœur gonflé d'affection pour son équipage. « Je n'en doute pas, Harris. Ce n'est pas un adieu, c'est juste le début d'un nouveau chapitre. »

Alors que l'équipage se préparait à partir, ils ont pris un moment pour réfléchir à leur voyage. Ils ont dû faire face à d'innombrables défis et à des sacrifices inimaginables, mais ils en sont ressortis plus forts et plus unis que jamais.

Elena regarda les membres de son équipage quitter le hall, chacun suivant son propre chemin. Anika se dirigeait vers un prestigieux institut de recherche, où elle continuerait ses travaux sur les mystères du cosmos. Harris avait accepté un poste de conseiller tactique pour la flotte galactique, où ses compétences et son expérience seraient inestimables.

Alors que le dernier membre de son équipage partait, Elena ressentit un pincement au cœur, mais aussi un sentiment d'espoir.

Ils avaient accompli tant de choses ensemble, et leur héritage perdurerait dans le cœur et l'esprit de ceux qu'ils avaient inspirés.

Elena prit une profonde inspiration et se tourna pour quitter la salle, son esprit déjà en proie à des pensées sur l'avenir. Il y avait encore tant de mystères à découvrir, tant d'aventures à vivre. Et elle savait que, peu importe où son chemin la mènerait, elle emporterait toujours les leçons et les souvenirs de son voyage avec l'*Odyssée*.

En pénétrant dans les couloirs animés du siège du Conseil Galactique, Elena ressentit un sentiment renouvelé de détermination. La galaxie était vaste et remplie de possibilités infinies, et elle était prête à affronter tous les défis qui l'attendaient.

L'*Odyssée* avait été sa maison, son sanctuaire et sa famille. Et même si leur mission était arrivée à son terme, l'esprit de leur voyage continuerait de la guider. Avec un sourire déterminé, Elena se lança dans sa prochaine aventure, sachant que les liens qu'elle avait forgés feraient toujours partie d'elle.

L'horizon ultime avait été atteint, mais le voyage était loin d'être terminé. L'avenir était radieux et Elena était prête à l'accueillir à bras ouverts.

L'héritage

Le temps s'était écoulé depuis que l'équipage de l'*Odyssée* était revenu de sa mission monumentale. Le siège du Conseil Galactique était en pleine effervescence, les couloirs remplis de scientifiques, de diplomates et d'explorateurs inspirés par les exploits de l'équipage. L'impact de leur voyage s'est fait sentir dans toute la galaxie, déclenchant de nouvelles découvertes et avancées scientifiques et technologiques.

La capitaine Elena Rodriguez se tenait dans le grand hall, ses yeux scrutant la foule. Elle avait été invitée à prendre la parole lors de l'inauguration d'un nouveau mémorial, en hommage à ceux qui avaient sacrifié leur vie au cours de la mission. Le mémorial, une imposante structure de cristal et de métal, témoignait de leur bravoure et de leur dévouement.

Elena prit une profonde inspiration et monta sur le podium, le cœur lourd d'émotion. « Aujourd'hui, nous nous rassemblons pour honorer la mémoire de ceux qui ont tout donné pour protéger notre avenir », commença-t-elle d'une voix ferme mais pleine de révérence. « Leurs sacrifices ont ouvert la voie à un avenir meilleur, et leur héritage perdurera dans le cœur et l'esprit de tous ceux qui suivront leurs traces. »

La foule écoutait dans un silence respectueux, leurs visages reflétant la solennité du moment. Parmi eux se trouvaient les familles des membres d'équipage tombés au combat, leurs yeux emplis d'un mélange de fierté et de tristesse.

Le Dr Anika Patel, aujourd'hui scientifique de premier plan au sein du prestigieux institut de recherche, se tenait aux côtés d'Elena, les yeux brillants de larmes. « Nous devons beaucoup à ceux qui nous ont précédés », a déclaré Anika, la voix tremblante d'émotion. « Leur courage et leur détermination nous ont incités à viser les étoiles et à poursuivre leur travail. »

Le lieutenant Harris, aujourd'hui conseiller tactique de la flotte galactique, acquiesça. « Leur héritage nous rappelle que nous devons toujours nous efforcer de protéger et de préserver les connaissances et les progrès que nous avons acquis. Nous devons honorer leur mémoire en continuant à explorer et à découvrir. »

Au cours de la cérémonie, la foule a été invitée à déposer des fleurs et des souvenirs au pied du mémorial. Elena a regardé des personnes de tous âges et de tous horizons s'avancer, leurs gestes rendant un hommage poignant aux héros tombés au combat.

Après la cérémonie, Elena et ses anciens membres d'équipage se sont réunis dans un coin tranquille de la salle. Ils ont partagé des histoires et des souvenirs, leur lien étant plus fort que jamais malgré le passage du temps.

« Tu te souviens quand nous avons embarqué pour la première fois sur l'*Odyssée* ? » demanda Anika, un sourire mélancolique sur le visage. « Nous n'avions aucune idée de ce dans quoi nous nous embarquions. »

Harris rigola. « Et regardez-nous aujourd'hui. Nous avons affronté des dangers que nous n'aurions pas pu imaginer, mais nous avons aussi accompli des choses que nous n'aurions jamais cru possibles. »

Elena hocha la tête, le cœur gonflé de fierté. « Nous avons parcouru un long chemin et nous avons fait la différence. Mais il reste encore beaucoup à faire. »

Tandis qu'ils discutaient, un groupe de jeunes cadets s'est approché, les yeux écarquillés d'admiration. « Capitaine Rodriguez, Dr Patel, lieutenant Harris », a dit l'un d'eux, la voix remplie d'admiration. « Votre parcours nous a inspirés à devenir des explorateurs et des scientifiques. Nous voulons suivre vos traces. »

Elena sourit, le cœur réchauffé par leur enthousiasme. « L'avenir est désormais entre vos mains », dit-elle. « Poursuivez notre héritage et n'arrêtez jamais de viser les étoiles. »

Les cadets hochèrent la tête avec empressement, leurs visages s'illuminant de détermination. Alors qu'ils s'éloignaient, Elena ressentit un sentiment renouvelé d'espoir et de détermination. L'héritage de l'équipage *de l'Odyssey* perdurerait, inspirant les générations futures à explorer, découvrir et protéger la galaxie.

Alors que le soleil se couchait sur le siège du Conseil Galactique, projetant une lueur dorée sur le mémorial, Elena savait que leur voyage était loin d'être terminé. La galaxie était vaste et remplie de possibilités infinies, et elle était prête à affronter tous les défis qui l'attendaient.

L'*Odyssée* avait été leur maison, leur sanctuaire et leur famille. Et même si leur mission était arrivée à son terme, l'esprit de leur voyage continuerait de les guider. Avec un sourire déterminé, Elena regardait vers l'avenir, sachant que l'héritage de l'*Odyssée* brillerait de mille feux pour les générations à venir.

L'avenir

La capitaine Elena Rodriguez se tenait sur le pont d'observation de l'*Odyssée*, contemplant l'étendue infinie des étoiles. Le navire était prêt pour sa prochaine mission, mais pendant un moment, elle s'autorisa à réfléchir au voyage qui les avait amenés ici. Les batailles livrées, les sacrifices consentis et les liens forgés avaient tous mené à ce point.

La porte de la terrasse d'observation s'ouvrit et le Dr Anika Patel la rejoignit, ses yeux également attirés par les étoiles. « C'est difficile de croire à quel point nous avons progressé », dit doucement Anika. « Et à quel point nous avons accompli de grandes choses. »

Elena hocha la tête, le cœur gonflé de fierté. « Nous avons relevé des défis incroyables, mais nous avons aussi fait des découvertes incroyables. Et nous l'avons fait ensemble. »

Le lieutenant Harris entra dans la pièce, un sourire aux lèvres. « L'équipage est prêt, capitaine. Nous n'attendons que vos ordres. »

Elena se tourna vers ses amis, le cœur rempli de gratitude. « Merci à vous deux. Je n'aurais pas pu rêver de meilleurs compagnons pour ce voyage. »

Anika sourit chaleureusement. « Et nous n'aurions pas pu rêver d'un meilleur capitaine. »

Alors qu'ils se tenaient ensemble, la porte s'ouvrit à nouveau et un groupe de jeunes cadets entra, le visage rayonnant d'excitation. Ils avaient été sélectionnés pour rejoindre l'*Odyssée* lors de sa prochaine mission, inspirée par le voyage légendaire de l'équipage.

« Capitaine Rodriguez », dit l'un des cadets, la voix emplie d'admiration. « C'est un honneur de servir sous vos ordres. »

Elena sourit, le cœur réchauffé par leur enthousiasme. « C'est un honneur pour moi. Ensemble, nous continuerons à explorer l'inconnu et à faire de nouvelles découvertes. »

Les cadets hochèrent la tête avec empressement, leurs yeux brillants de détermination. Alors qu'ils prenaient place sur la plateforme d'observation, Elena ressentit un sentiment renouvelé d'espoir et de détermination. L'avenir était brillant et les possibilités infinies.

« Mettons le cap sur la galaxie d'Andromède », ordonna Elena d'une voix ferme et confiante. « Voyons quelles nouvelles aventures nous attendent. »

Les moteurs de l'*Odyssée* rugirent et le vaisseau s'élança, laissant derrière lui le siège du Conseil Galactique. Tandis qu'ils naviguaient à travers les étoiles, Elena ressentit une sensation d'euphorie. Le voyage à venir serait rempli de défis, mais elle savait qu'ils étaient prêts à les affronter ensemble.

Alors que les étoiles s'étendaient devant eux, Elena s'autorisa un moment de réflexion silencieuse. Le voyage avait été long et ardu, mais il avait aussi été rempli de moments de triomphe et de découverte. Et alors qu'ils s'aventuraient dans l'inconnu, elle savait que la véritable aventure ne faisait que commencer.

L'horizon ultime avait été atteint, mais le voyage était loin d'être terminé. L'avenir était radieux et Elena était prête à l'accueillir à bras ouverts. Avec son équipage à ses côtés et l'esprit de l'*Odyssée* qui les guidait, ils continueraient d'explorer, de découvrir et de protéger la galaxie.

L'*Odyssée* a poursuivi sa route, son équipage uni par sa mission commune et renforcé par les liens qu'ils avaient forgés. L'héritage de leur voyage allait inspirer les générations futures à viser les étoiles et à percer les secrets du cosmos. Et alors qu'ils s'aventuraient dans l'inconnu, ils savaient que le meilleur était encore à venir.

Visions du passé

Les pas de Marlowe résonnèrent dans le grand couloir du manoir, chaque pas plus lourd que le précédent alors qu'il montait les escaliers qui le ramenaient au rez-de-chaussée. Le pendentif pesait dans sa poche comme une pierre de plomb, sa présence glaciale s'accrochant à lui même s'il essayait de l'ignorer. Il ressentit le besoin de s'en débarrasser, de le laisser au sous-sol, mais quelque chose en lui lui disait que ce n'était pas si simple. Le pendentif avait une histoire, et s'il voulait découvrir la vérité sur le manoir Rosewood, il devait l'emporter avec lui.

En arrivant sur le palier, un frisson soudain lui parcourut le dos. Le couloir, qui était silencieux quelques instants auparavant, semblait vibrer d'une vibration basse, presque inaudible. L'air se déplaçait, devenait épais et froid, et les murs semblaient pulser faiblement, comme si la maison elle-même respirait. La vision de Marlowe se brouilla et une vague de vertige le submergea.

Il s'agrippa à la rampe d'escalier pour se soutenir, mais le monde qui l'entourait lui échappait déjà. Les éléments modernes du manoir commencèrent à se dissoudre, remplacés par quelque chose de plus ancien, de plus sinistre. Le papier peint se fana en restes écaillés et poussiéreux, le bois poli des planchers s'assombrit en un éclat profond, presque huileux. Des ombres rampèrent le long des bords de sa vision, tourbillonnant et grandissant jusqu'à prendre forme - des silhouettes vagues et fantomatiques se déplaçant à la périphérie.

Marlowe cligna des yeux, essayant de se remettre les idées en place, mais sa vision s'intensifia. Il n'était plus seul dans le couloir. Des silhouettes apparurent devant lui – des gens vêtus de vêtements datant d'un siècle, leurs visages pâles et émaciés. Ils se déplaçaient comme des spectres, leurs formes vacillantes, mais un visage se détachait des autres.

Un homme grand et mince se tenait au centre de la vision, dos à Marlowe. Il portait un costume finement coupé et sa posture respirait l'autorité. La silhouette se tourna lentement, révélant un visage anguleux et tranchant aux yeux enfoncés – celui de Lord Edwin Halford. Ses yeux, froids et perçants, se fixèrent sur ceux de Marlowe avec une intensité qui fit battre son cœur à tout rompre.

La vision changea à nouveau et Marlowe se retrouva debout dans un grand salon, une version plus jeune de Lord Halford assis près de la cheminée, sa main agrippant le même pendentif en verre qui reposait maintenant dans la poche de Marlowe. La pièce était pleine de tension, comme si l'air lui-même attendait que quelque chose de terrible se produise.

Une femme, belle mais pâle, entra dans la pièce, les yeux emplis de peur. Elle portait une longue robe fluide et ses mains tremblaient alors qu'elle s'approchait de Lord Halford.

« Tu ne peux pas le garder », murmura-t-elle, sa voix à peine audible mais chargée d'émotion. « Cela nous détruira tous. »

L'expression de Lord Halford s'assombrit et il serra plus fort le pendentif, les jointures blanches. « C'est mon héritage, » grogna-t-il. « C'est la seule voie. »

Marlowe avait envie de crier pour avertir la femme, mais sa voix se perdit dans le poids écrasant de la vision. La scène changea à nouveau, plus rapidement cette fois, et la pièce se brouilla tandis que des silhouettes allaient et venaient – chacune étant un descendant de la famille Halford, chacune saisissant le pendentif alors qu'elles sombraient dans la folie et le désespoir. Il regarda la famille s'effondrer devant lui, une par une, leurs vies détruites par l'objet dont elles avaient hérité.

La dernière vision était celle d'un petit enfant, un garçon de six ou sept ans à peine, assis dans le même grand salon, les larmes aux yeux tandis qu'il fixait le pendentif qu'il tenait dans ses mains. Les sanglots du garçon résonnaient dans les oreilles de Marlowe, emplis de peur et de confusion, comme s'il savait, même à cet âge, la malédiction qui l'attendait.

Puis le monde redevint net et Marlowe se retrouva de nouveau dans le couloir du manoir Rosewood. Son cœur battait fort, sa respiration était courte alors qu'il titubait contre le mur. Le pendentif dans sa poche pulsait faiblement, comme s'il se nourrissait de l'énergie de la vision.

La tête de Marlowe tournait autour de ces images : la détermination farouche de Lord Halford, la supplication désespérée de la femme, le cycle sans fin de la souffrance. Le pendentif en verre avait été transmis de génération en génération, sa malédiction resserrant son emprise sur chaque nouvel héritier. C'était clair à présent : ce n'était pas seulement un objet de beauté, mais un canal pour quelque chose de sombre et d'ancien.

Son corps tremblait tandis qu'il tentait de retrouver son calme. Ce dont il venait d'être témoin n'était pas un rêve, ni le fruit de son imagination. C'étaient des souvenirs, des échos du passé enfermés dans les murs du manoir Rosewood, liés à l'héritage en verre. La question était : pourquoi lui avait-on montré cela ? Que voulait-il voir la maison, ou quelle que soit la force qui s'attardait ici ?

Marlowe essuya la sueur de son front, ses pensées s'emballèrent. Le pendentif l'avait entraîné dans ces visions, mais elles n'avaient fait qu'effleurer la surface des secrets du manoir. Il y avait encore tant de choses qu'il ignorait, et le poids du pendentif, maintenant plus froid que jamais, lui disait que le temps était compté.

Quelque part, dans les profondeurs du manoir Rosewood, les réponses l'attendaient. Mais alors qu'il se tenait là, dans le silence étouffant du couloir, Marlowe ne pouvait s'empêcher de penser que la maison l'observait, qu'elle attendait qu'il fasse son prochain geste.

Et quoi qu'il ait prévu ensuite, il savait que ce serait bien pire que tout ce qu'il avait déjà vu.